繪圖・翁子揚

U0084368

GAEA

Gaea

獵命師傳奇

FateHunter

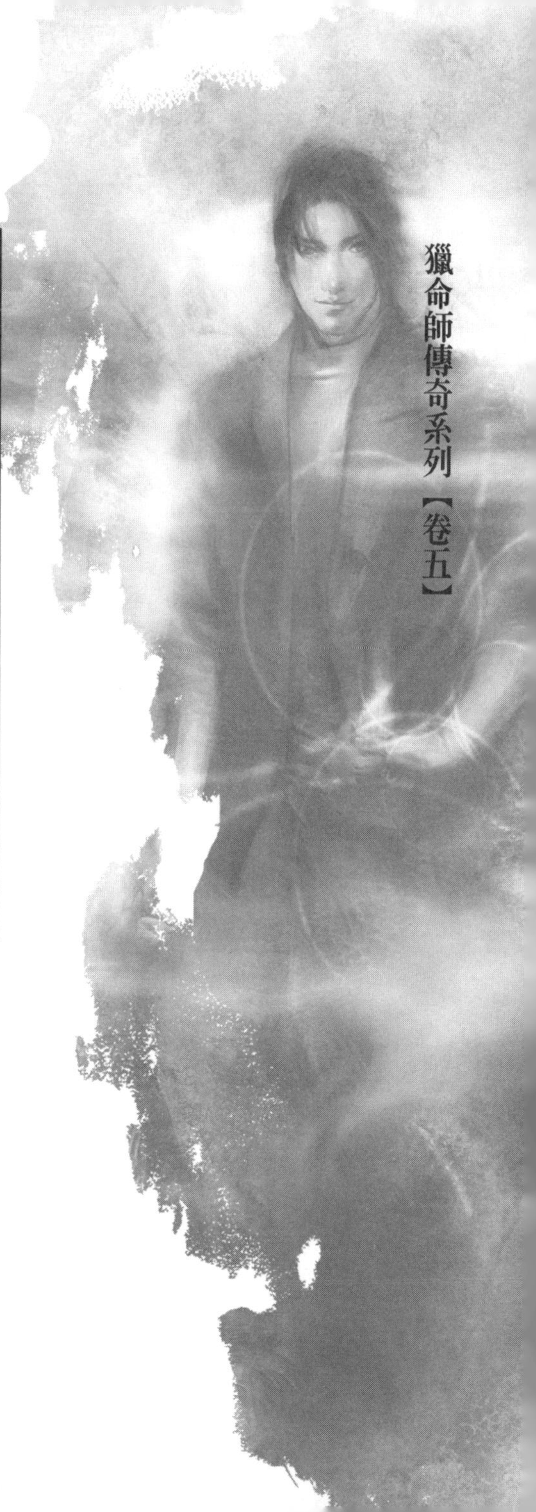

獵命師傳奇系列【卷五】

九把刀Giddens著

「不可詩意的刀老大」之

再見了，我最愛的，別人的新娘子

一直以來，都很排拒開車。

老是覺得有人載就好，何必要費神養車。況且經常要南往北返的我，三個多小時的車程我寧願在火車上舒舒服服地寫小說，而不是握方向盤在高速公路上超車或被超，把自己累掛。

我的個性也很難讓自己放心。我總懷疑一旦踩下油門的我，一定不可能學會路邊停車，或是辨認高速公路哪裡上哪裡下，迷路必然，車屁股被撞也是必然，當路隊長更是再所難免。所以還是省省吧，專心朝地上最強的小說家邁進就對了。

然而我這個人實在沒有原則，最後我還是在毛毛狗的說服下，在兩年前的夏天一起學了開車。那眞是段甜蜜的記憶，那個夏天的主題曲是陳奕迅的十年跟十面埋伏，我倆每天早上學車都一邊哼唱。那是我人生最美好的記憶。

但我始終沒有買車，因為那太像大人應該做的事，而我還想用小鬼的模樣多待幾年，免得學大人開車我身上會起疹子。毛很體諒我，儘管毛的身上開始出現大人的氣味。

這一年來，毛與我之間分分合合。

原本我總以為，我跟毛之間的關係就像在拔河，不管怎麼吵吵鬧鬧，只要不鬆開手，無論誰拉贏了誰，兩人終究會抱在一起。

但最後繩子竟然生生斷了。

毛終究還是離開了我，在我們感情出現重大挫敗的隔天去了美國。

諸多因素。沒一個像樣的。

「有本事，你立刻買一台車啊！」毛的氣話。

於是，我咬牙買了台車。眼巴巴盼著毛從美國回來時，感情能出現轉機。

打從有記憶以來，我就是個生活低能兒。這麼說不是小說上的誇飾修辭，對於日常生活的諸多細節我都忝不知恥地打混過去，也很依賴有毛的陪伴。逛街必須由毛陪著，看電影很喜歡毛陪著，說故事好想有毛聽著。說無聊笑話，吃東西，餵狗，旅行，睡覺，買褲子，變魔術，都很習慣要有毛在身邊。

毛最常抱怨，在我身上看不到戀愛的熱情。我很歉疚，但「在一起」才是我心中愛情的踏實模樣。我固執當個小鬼，固執地習慣有毛的生活，把毛當作家人。最後竟會恐慌，沒有毛的存在。

漸漸地，毛長大了，我並沒有。

當毛在美國玩的三個禮拜，我戒慎恐懼地握著方向盤，小心翼翼在彰化練車，只要沒有簽書會或演講，每天深夜都去繞八卦山，晃中山路。心中只有一個信念：「我要去中正機場接毛毛狗喔。」然後露出小鬼般的燦爛笑容。

原本開車開得爆爛的我，在信念的支撐下終於非常習慣坐在車子裡頭的感覺。果然，只要肯下功夫，開車這種長期排拒的事也可以幹得很好。有模有樣。

然而我跟高速公路與台北一點也不熟。要開車去中正機場，還要得繼續送毛回土城家裡，對我可是沈重的負擔，不須多加想像就知道我肯定緊張到胃痛。

科技這種好東西，此刻就派得上用場。於是我跑去ＮＯＶＡ買了ＧＰＳ衛星導航的ＰＤＡ，這兩天不斷操練一邊開車一邊看導航的反應速度，就是希望能夠在毛面前有個大人的樣子。如果變成大人可以解決事情的話。

但就在半個小時前，毛從美國捎來一通電話，確認了我們最後的關係。

我發現我最愛的，仍是那個會跟我一起幹好多蠢事的那個，小鬼的毛。而現在偽裝成大人的我，骨子裡，還是那個老愛嚷著要威震天下的臭小鬼。這個我，毛已不再需要。

「那麼，就還是維持那句話。就在妳幾乎忘記，所有我們一起做過的事的時候，只要記得，我很愛妳這件事就夠了。」掛掉電話，我無法克制地掉眼淚。一直一直掉眼淚。

我知道，習慣開車，跟習慣沒有毛的人生，完全是兩回事。

後天，我還是會排除萬難去機場接毛。

儘管在其他的道路上，我已經無法繼續前進。

我所有的自尊都已經放手一搏，灌注在那個，既模糊又清晰的小鬼毛身上。無比榮幸。將來有一天在另一個世界遇到小鬼時期的那個毛，我也能抱著傻傻的Puma，問心無愧地抱著她笑。我從未後悔寫〈山難〉，直到此刻，我依然期許我們的感情。我真的好想照顧毛一輩子，不管是哪一個毛。
但我僅僅能祝福。
虔心祝福毛平安快樂。在菩薩面前，我們曾擁有七年的好緣。
再見了。我最愛的，別人的新娘子。

獵命師傳奇

獵命師傳奇系列【卷五】

目錄

「不可詩意的刀老大」之　再見了，我最愛的，別人的新娘子……9
〈莫斯科的燦爛憂傷〉之章……11
〈人生就是不停的戰鬥〉之章……93

〈莫斯科的燦爛憂傷〉之章

第114話

曾經強大的軍事帝國，一旦光榮不再，在裂縫中迴盪出的邪惡笑聲，便格外的響亮。

蘇維埃共和國，這個以共產主義爲號召，軍事力足以睥睨西方世界，信念如鋼鐵般令人尊敬的強權，在帝國的柱子崩塌後，盧布劇貶，一夜之間變成不值錢的廢紙。強權的名字也從蘇維埃共和國簡化成了俄羅斯，某種隱喻似的。

到了二十一世紀，俄羅斯的金融秩序更是每況愈下。

政府無限期拖欠軍餉，沒有資金保養一望無際的坦克與裝甲車，燃油不足以令配備精良的戰鬥機升空巡弋。驕傲成了虛浮的過往雲煙。如今俄羅斯已變成一個奇怪的軍事物資輸出國。

只要有美金，任何富豪都可以在俄羅斯買到嶄新的軍事直升機、刮去編號的坦克、餓著肚子快要造反的傭兵，在某個漂亮的城堡中建立屬於自己的領土。

許多西方國家都到這個科技強國中「蒐購」大批失業的科學家，領域橫跨生物、醫療、衛星通訊、病毒研究，其心可誅。

更有恐怖主義組織到俄羅斯召募有志一同的夥伴，意欲對這個不公平的世界展開報復。許多威力驚人的導彈偷偷裝箱在貨櫃船上，前往敘利亞、伊朗、利比亞等西方世界的敵人。

□

二〇一二年，莫斯科。

今年的冬天特別寒冷，連白天都被大風雪吹得天昏地暗。

城郊，某個曾經是沙皇狩獵別莊的古堡，現在已是某個以古柯鹼致富的大毒梟的小王國。

古堡戒備森嚴不在話下，大毒梟偶爾會開著他所收藏的亞瑞克式坦克嘻皮笑臉地在古堡附近巡邏；如果開心，還會發個大炮轟掉幾株大樹，搞得鳥獸驚飛。

如果俄羅斯又搞出政變或是什麼無法預期的危險，古堡院子裡還有兩台加滿燃油、隨時起飛的直升機。直升機的兩翼掛載著微電腦控制的導熱飛彈，足夠逃亡了。

不僅是古堡本身，古堡周遭三公里內設有荷槍實彈的哨站，反正子彈相當便宜，且傭兵最近又降價了兩成。在物價變動無方的世界裡，唯一保持行情的就是毒品了吧。

三輛軍事吉普車駛進古堡旁的林道，一下子就消失在皚皚白雪中。

「嘖嘖，看來林子裡有新的密道呢。」薩克的眼睛在軍事望遠鏡後眨眨。

薩克蹲在古堡上方的小丘上，一身皮大衣被厚厚的白雪覆蓋住。他已經埋伏探勘了三個小時，腳邊珍貴的伏特加，是陪他捱凍的暖身享受。

「要衝進去嗎？」莉蒂雅拿起伏特加，喝了一口，精神抖擻了一下。

「妳嫌活得不耐煩麼。風險太大了，幾乎不知道裡頭的情況。還是老法子，安全第一。」薩克看了看錶。

下午三點。但在這樣混濁的天色下，白天跟晚上實在沒有太大的分別。對人，對吸血鬼都是。

「安全第一？哼，真不像一個頂尖獵人該說的話。」莉蒂雅諷刺道，旋緊酒瓶的蓋子，放在腳邊。

「隨便妳怎麼說。妳喜歡送死，別人可沒這個雅興。」薩克拿出軍事無線電，調整到約定的頻道，通知其他的獵人夥伴開始準備。

莉蒂雅沒有反駁，只是朝著雙手呼氣。真冷。

進去三台車，出來絕對不只三台車。按照經驗，至少會多出一倍有餘。

「目標大約七台吉普車，可能更多。高度武裝，目標約在二十五到三十頭間，應該是普藍哲夫一掛。點一弄火，點二、點三佈置，A座跟B座預備，放C鎖D，七三分派。記住，多重掩護，安全第一。」薩克的用語沿用祕警時期習慣的暗號。

由於國庫被政客瓜分掏空，國家祕警署已經支付不出像樣的薪水。在這樣險惡的政經環境底下，吸血鬼跟毒梟、軍事強人之間的交易更形熱絡，薩克索性帶著大批同僚轉行，當起狩獵吸血鬼的獵人，依照約聘的個案關係跟政府索取報酬。

莉蒂雅是薩克的搭檔。

偶爾做愛，在寒冷的溫度裡彼此取暖，但絕口不說愛妳的那種搭檔。

也因此，薩克偶爾會召妓，在酒館搭訕喝醉的女人，莉蒂雅管不著也不想管。同樣的，莉蒂雅想勾搭哪個年輕小夥子在爐火旁共度一夜，薩克也只是抽根菸看著窗外。

對生存在俄羅斯的吸血鬼獵人來說，多餘的情感只會妨害任務，跟自身的性命。所以上床只不過是廉價的肉體交換，不帶有其他的意思。

「這次結束後，眞想放個假。」莉蒂雅說。

她一直想去旅行。

法國、英國、奧地利、德國，甚至是亞洲或非洲。哪兒都好，找個現在沒有在下雪的地方就罷。陽光曬夠了，再回來殺殺吸血鬼，或是被吸血鬼殺死。都好。

就是想旅行。

「好啊，妳愛怎麼放假就怎麼放假。就算從現在開始也沒關係。」薩克冷淡回應：「只不過，沒出任務是分不到錢的。公平原則。」

「馬的。」莉蒂雅再度旋開酒瓶。

第115話

望遠鏡。

一個小時後，吉普車車隊駛出古堡時，已從三輛變成六輛。其中三輛在雪地裡的輪印特別的深。

薩克猜想，多出來的吉普車十之八九是載運著加工了的毒品，吸血鬼用以在黑市交易各項物資的籌碼。

「大家聽著，這次會是個大豐收，讓那些吸血鬼瞧瞧我們鐵血之團的手段。倒數開始。」薩克關掉無線電。

薩克與莉蒂雅抖落身上的積雪，快步跑向同樣被白雪覆蓋住的雪地機動車。

大豐收啊……

□

戰鬥的序章，由一枚火箭筒轟出的地對地迫擊彈開啓。

碰轟！倏然震響，巨焰沖天而上。

迫擊彈順利解決領在最前頭的吉普車，阻擋了車隊的前進。

但吸血鬼的反射神經靈敏，在迫擊彈擊中吉普車前兩秒，已有兩個吸血鬼及時跳出了車子，滾倒在山徑兩旁的雪堆裡。其餘的吉普車及時煞住，但因雪地太溼滑，車隊還是脫出了正常車道。

無數槍火從車道兩旁響起，瞬間將吉普車轟成蜂窩，雖然子彈不是純銀所製，但物理上的破壞力已足夠。四個來不及應變的吸血鬼變成了更單純的屍塊，其餘同伴大呼小叫尋找掩護，倉皇地朝四面八方胡亂開槍。

第二枚迫擊砲轟出，再度將吸血鬼炸了個震耳欲聾，一個吸血鬼全身著火飛到半空慘叫。

「別太快掉下來。」薩克的瞄準鏡可沒放過這麼有趣的靶，狙擊槍連扣兩次扳機，結束了半空中火球的慘叫聲。

但迫擊砲也暴露出獵人軍團的位置。

「在九點鐘方向！在九點鐘方向！」吸血鬼大叫，架起機槍猛開。

「呼叫救援！叫古堡派軍隊過來！」另一個吸血鬼吼著，手中的機槍朝著左前方開火，障蔽的車板不時擦出銀色的火花。

「搞什麼鬼！是黑吃黑？還是狗娘養的鐵血之團！」高大的吸血鬼咧嘴嘶吼，一個掩蔽不好，被子彈貫穿大腿，痛得幾乎叫到啞嗓。

此起彼落的倉皇聲音，透露出吸血鬼處於挨打的困境。在雪地裡中了埋伏，獵人的火力同樣是軍隊級的。沒有比這更糟糕的事了。

勝負已定，只是結束的時間問題。

沙沙沙，沙沙沙。薩克的無線電響起同伴的聲音：「長官，要等他們的救援來嗎？可以來個一網打盡喔！」

「我什麼時候下過類似的命令了？所謂的鐵血之團，是拿我們的鐵，流對方的血。在資訊充足的狀況下，才是安全第一，大家都想活著分錢吧？」薩克淡淡回應。

「是的，長官。」無線電另一頭的聲音很歡愉。

這些轉職獵人的秘警下屬知道，跟著愛惜生命的舊長官薩克辦事，果然是輕鬆愉快。

「別省子彈，繼續用火力鎮壓他們，用子彈壓到他們抬不起頭。」薩克繼續瞇著眼，扣著扳機，說道：「半分鐘後，第三枚火箭砲轟出，掩護我跟莉蒂雅。小心點，別打到自己人。」

「是的，長官，萬事小心。」無線電結束。

莉蒂雅暫停開槍，看著身旁的薩克。這傢伙又擅自做決定了。

「在安全第一的範圍內，來場比賽吧？」薩克放下狙擊槍，抽出塗上銀料的蘇聯軍刀。

「去你的安全第一。」莉蒂雅往後一拍，沉重的金屬箱子機關打開，掉落出一道璀璨的圓形銀光。鏈球。

兩個莫斯科名號最響亮的吸血鬼獵人，靠的可不只是遠距離的狙擊功夫。兩人騎上雪地機動車，猛拉油線，子彈的呼嘯聲掩蓋住引擎發動的聲音。

「賭什麼？」薩克猛催油門。

「贏的人，今晚在上面。」莉蒂雅將鏈球的鋼鏈纏綁在手上。

一道灰煙急速從雪地高處衝下，兩台雪地機動車也跟著衝向吉普車群。

爆炸，空氣劇震。

兩人跳下持續往前衝的機動車，展開毫無僥倖的肉搏戰。

薩克的軍刀悍然衝進吸血鬼群，對著一張張錯愕的臉孔，毫不留情砍下。

莉蒂雅的鋼鏈像暴風雪，撕開周遭的火焰，刃球砸落，鮮血塗開。

兩個人乍看之下是分別行動，卻是默契十足地相互照應。薩克的軍刀並無華麗的技巧，每個動作都是僵硬的揮、砍、撇、刺，只講效果不講花俏，軍靴躂躂，充滿蘇維埃光榮的軍魂。

比照之下，莉蒂雅的鎖鏈鋼球就靈活百倍。莉蒂雅的力氣雖沒有薩克粗大，但鎖鏈應用物理原理的離心力，令末端的鋼球變成破壞力十足的凶器，只要被鑲嵌硬刃的鋼球帶到，就是摧枯拉朽的創傷。就連吉普車上的裝甲片也像瓦楞紙一樣削開。

早在秘警同事的期間，他們就是令吸血鬼聞風喪膽的殺神。成了賞金獵人，組成「鐵血之團」後，聲勢更漲。

一分鐘後，吸血鬼的運毒車隊完全崩潰，無一活命。

「六個。」薩克皺眉。他知道要糟。

「八個。」莉蒂雅擦掉臉上的血。

混蛋。薩克默不作聲。

其餘手下開始拍攝現場，那些照片都是領賞的憑證。普藍哲夫的幫派人頭，價錢實在不壞，不枉費射了三枚火箭彈。

「長官，吉普車都被我們打爛了，所以幹不走。不過裡頭的燃油已經抽個乾淨了。」撒亞說，叼著象徵西方資本主義的萬寶路香菸，滿足地笑著。

「只會說不會做，快過來幫忙搬！」艾娃怒罵。她是鐵血之團裡唯二的女人之一。

是啊，燃油可是珍貴的物資呢。一箱箱裝好，放在鐵血之團的雪地機動車上。

「那麼……那些毒品怎辦？還是一把火燒掉嗎？長官。」胖大的沙德克語氣有些靦腆，扛著自動步槍。

薩克搔搔頭。

鐵血之團十六名成員都充滿期待看著他，他怎麼會不明白大家心裡在想些什麼。

燒掉啊……燒掉啊……這次可是滿滿三車的毒品，跟一些雜七雜八的黑市手槍。大豐收就是大豐收。手邊雖然沒有計算機，但市價不菲是毋庸置疑的。

莉蒂雅沒有理會眾人，一個人靜靜地站在樹下抽著菸，抖落菸蒂。

想去旅行啊……

「拿去賣掉吧，大家分一分。」薩克說，在吸血鬼屍體的大衣上擦拭軍刀上的血漬。他偶爾也會做出這樣的決定，如果缺錢的話。

大家一陣歡呼，這下可以快活個大半年了！

「長官！你實在是太通情答理啦！」

「長官！安全第一！安全第一萬歲啦！」

「敬蘇維埃共和國！敬鐵血之團！」

薩克唰地收起軍刀，壓低帽子，微笑走過眾人興奮的歡呼聲。

莉蒂雅若有似無地看著薩克的背影，在蒼勁的樹幹上捺熄了菸。

大幸運星

命格：機率格

存活：四百年

徵兆：你說有什麼徵兆？你手裡那張頭彩彩券又是怎麼回事？

特質：超級幸運。缺陷是幸運的發生往往是宿主沒有預料的部分，例如踩到香蕉皮跌倒，卻好死不死看見經過身邊的美女內褲；或是懊喪娶了很會打老公的老婆後，卻意外繼承老婆遠房親戚的鉅額遺產。所以，宿主刻意地購買彩券也不見得會掄得頭彩，但機率總是比別人高就是了。在慌亂的戰鬥中，能夠顧及的周遭情況有限，使用吉星的宿主還是很有翹毛的可能；相較之下，自行關照四周元素的大幸運星，就很適合糊裡糊塗的宿主啦。

進化：千驚萬喜

第116話

在黑市賣掉了毒品跟用不上的軍火，鐵血之團每個人都分到了一大筆錢。當然是美金。美金才是眞正的鈔票。

每次分了錢，鐵血之團就會鬆散好一陣子，要回鄉下過節的就去，要去賭場胡混的就去，要去妓院當老爺的就去，甚至還有兼差導遊的熱心鬼。

這就是人性，而且是相當正面的情緒釋放。沒有人喜歡整天與槍聲爲伍。執著於殺戮，毋寧是種病態。

旅館的爐火很旺，發出吱吱搩搩的柴裂聲。

「什麼時候去旅行？」薩克問，躺在床上，抓著莉蒂雅的腰。

「不知道，或許下個禮拜吧。」莉蒂雅在上面，搖晃著不算姣好的年輕身軀。

莉蒂雅的曲線完美，彈性充盈。但她的身上有許多跟薩克一樣、被吸血鬼爪子撕開的傷痕。那些都是兩人相處記憶的一部分。甚至可說是紀錄。

不喜歡吸血鬼是鐵血之團最根本的共識。

「去哪？有決定了嗎？」薩克看著壓在上面的莉蒂雅，想像著飛機升空的畫面。

「去哪都好，就是不會去日本。」莉蒂雅想都不想，將頭髮放下。

是啊。除了沒有下雪，也挑個吸血鬼少一點的國家吧。

「埃及怎樣？」薩克建議。

埃及陽光普照，雖是吸血鬼的文化古國之一，但哪一個擁有三千年以上的大國不是如此呢？現在的埃及已經是個觀光大國，吸血鬼的歷史已經像木乃伊一樣，被包得喘不透氣。

「聽起來不錯。金字塔，獅身人面，木乃伊，尼羅河……」莉蒂雅想了想。

「埃及的秘警很了不起，說起來是個安全的地方。」薩克揉著莉蒂雅的腰。

「那也是個消費便宜的地方，可以待久一點。」莉蒂雅又想了想，晃著身子。

「……」薩克看著莉蒂雅。

說真格的，莉蒂雅真是個美人。

鼻子高挺，眼眸子湛藍，嘴唇微微上翹，皮膚跟雪一樣白，尤其是放下金黃長髮的時候，莉蒂雅絲毫不輸給雜誌封面的女明星。在當秘警的時候，就有幾個長官不只一次暗示莉蒂雅不用再衝鋒陷陣了，陪他們睡覺就可以乾領月俸。

但莉蒂雅從來只是冷冷地以中指回敬。

她就是這樣美麗，又剽悍到值得尊敬的女人。

「會回來嗎？」薩克的胸膛上，是莉蒂雅身上滴落的汗水。

「這種事誰知道。獵人這種工作有這麼值得懷念嗎？」莉蒂雅坦率，抓著薩克粗厚的肩膀，指甲深印進膚。

「這倒是眞的，覺得快樂的話，就別回來了。」薩克的手，從莉蒂雅的腰悄悄下移，來到結實的臀部。

又一陣激烈的肉體交纏，像是互相攻擊的碰撞。

結束後，莉蒂雅沒有像往常一樣趴下就睡，而是起身穿上大衣，梳理頭髮，套上靴子。

「去哪？」薩克睏倦不已，頭髮亂得像無精打采的獅子。

「喝酒。你的體力眞是太差勁了。」莉蒂雅點了根菸。言下之意，是要再找一個年輕小夥子度過今夜。

莉蒂雅走了。窗外依舊是無聊透頂的大雪。

薩克只好一個人抱著枕頭，翻來覆去。

枕頭上有莉蒂雅留下的髮絲，不算太壞。

但還是寂寞。

第117話

鐵血之團的祕密基地，設在一間國營的奶粉工廠裡。

自從資本主義狂潮席捲這個國家後，不需要白紙黑字的貿易協定，各種口味的西方奶粉就佔據了真正進行交易、而非物資兌換券的市場。半年內，這間工廠就成了廢棄的生產線，沒有人管理，也不需要管理。

透過還算牢靠的關係，薩克一夥人大方進駐，連同鐵血之團的重型武器都掩蔽在此處，原本的壓模機台跟器械，如今已成了槍枝改造的生產線。有時薩克等人會將銀熔解鑄汁，澆在近身作戰的刀刃上，只消薄薄的一片，就能增進殺死吸血鬼的效率。

說起來奇妙，世界上數百種金屬跟爲數更多的合金，偏偏就是「銀」會對吸血鬼的體質產生毒化反應。一觸碰到銀，吸血鬼的皮膚就會開始過敏，甚至輕微的燒灼。要是傷口滲進銀，則會產生劇烈的抗體反應，破壞細胞組織間的鏈結，衰竭V型吞噬細胞的複製週期。眞正致命的情況很少，除非受傷的吸血鬼一直沒有機會進行醫療。但要在戰鬥中迅速擴大體質強壯的吸血鬼的傷勢，銀仍是獵人的必備品，得到的賞金總有一部分必須再投資於購買銀上。

曾經有部電影，叫做《神鬼大反撲》（*Dracula2000*），提到過吸血鬼之所以懼怕銀的原因。吸血鬼的始祖其實就是出賣耶穌的猶大，猶大因為遭天堂拒收，想下地獄又無門，成了不生不死的吸血鬼，痛苦不已。由於當初背叛耶穌的代價是三十枚銀幣，所以銀在象徵意義上成了猶大——也就是吸血鬼——畏懼的標的。

很有意思的推論，但薩克本人不信。

「說吸血鬼的始祖是猶大？那意思就是說，在耶穌時代之前都沒有吸血鬼囉？」薩克的反駁如上。不過他還是挺愛看美國人拍的電影。

□

上次的大豐收後，已經過了九天。

今天還是持續要命的大雪。

莉蒂雅收拾好行李時，基地裡鐵血之團只剩下無所事事的六個人。

首領薩克，副首領莉蒂雅，神槍手撒亞，男人婆艾娃，胖子沙德克，以及最年輕的彼得。大夥也不是真的無所事事，只不過習慣偶爾泡在工廠裡閒扯淡。

「幾點的飛機？」薩克坐在撿來的沙發上，看著用衛星小耳朵接收的ＨＢＯ電影。

「還有五個小時起飛。」莉蒂雅坐在沙發後面，簡單的行李箱上。

「埃及啊，真羨慕。」彼得在爐子上煮著咖啡。

「是個會熱到皮膚都裂開的好地方呢。」艾娃縮在沙發上，蓋著毛毯看電視。

「早點出發吧，如果路上大雪積著，趕不及就要糟。安全第一。」薩克丟了一把鑰匙給躺在吊床上的撒亞，啪地重重命中他的額頭。

撒亞抓抓頭，睡眼惺忪翻下吊床。

「走吧，我送妳。」撒亞套上厚實的舊軍用外套。軍隊裡的東西，還是比較可靠。

「……」莉蒂雅起身，戴上保暖的帽子，拉著行李箱。

撒亞坐上改裝的軍事吉普車，連續發動了七、八次才成功。莉蒂雅坐在副座，打開廣播，在轉到音樂頻道之前，不意聽見暴風雪將臨的氣象報導。

「看吧，還不快上路。」薩克說，一眼都沒從電視機上移開。

「……」莉蒂雅點了支菸。

沒有特別的道別，畢竟只是偶爾做愛的夥伴。

工廠的鐵捲門拉上又拉下，吉普車消失在銀白的大雪中。

不久，爐子裡的水已經滾開。彼得將沸水澆在咖啡豆上，瞬間的熱氣將咖啡香味帶到每個人的鼻子裡。十分受用。

「長官。」沙德克將裝了咖啡的鋼杯遞給薩克。

看著鋼杯上漂浮的細碎泡沫，薩克小心翼翼吹了吹氣，感覺掌心的溫度還是太燙，便沒有就口。薩克的生活習慣，同樣輝映著戰鬥時奉行的安全守則。寧願喝溫一點的咖啡，也不願被燙到舌頭。

沙德克不懷好意地看著薩克。

「我知道你的口袋裡，有張去埃及的機票。」沙德克賊賊笑道。

「多管閒事。」薩克皺眉，也沒有不悅。

「……」彼得不解，看看沙德克，看看薩克。

知道莉蒂雅決定去埃及旅行後，薩克就暗中注意莉蒂雅何時出發，跟她即將搭乘的班機。然後默默買下莉蒂雅旁邊的位置。

「喔！原來你這傢伙打算偷偷跟去埃及！」艾娃從毛毯跳了起來。

「妳又知道。」薩克忍不住，將自己的臉埋在咖啡熱氣背後。

「嘖嘖，莉蒂雅終究還是個美人兒。哪像我，跟你上床了幾十次了，你就是看不上我。」艾娃氣呼呼地抱怨，心底卻很替莉蒂雅高興。

「我可以啊。不過不是看上妳，而是陪妳過夜啦！」沙德克嘻嘻一笑，討了艾娃一陣拳打腳踢。

薩克喝著咖啡。果然燙嘴。

「長官，你該不會拋下我們吧？」彼得不安，抓抓頭。

彼得最年輕，在半年前才從薪水不固定的秘警署中離職，加入安全第一的鐵血之團。還沒有固定的性伴侶。

「說不定喔。」薩克在蒸氣中，彷彿看見了金字塔。

正在打鬧的沙德克跟艾娃互看一眼，不禁笑了出來。

薩克才不是這麼浪漫的人。除了宰吸血鬼，薩克可說是一個窮極無趣的人。每個鐵血之團的成員，都很清楚他們的首領薩克的故事。

薩克十歲那年，擔任秘警的父親在任務中被吸血鬼殺死，母親獨自撫養薩克長大。薩克上了中學後，有一天回家，只見母親坐在搖椅上，臉色蒼白，皮膚乾癟，脖子上多了十幾個深邃的齒洞。母親的手指勾著父親留下的手槍，晃著。晃著。母親的太陽穴上那個黑孔，依稀還冒著煙。

發生了什麼事，薩克很清楚。但薩克那種過度冷漠的個性，並沒有戲劇性地發誓此生此世要追獵吸血鬼一輩子。他只是接受，然後進入了秘警署，狙殺與黑手黨掛鉤甚深的俄國吸血鬼。

薩克太早踏進這一行，導致他除了討厭吸血鬼之外，似乎沒有別的鮮明喜好了。每次分了錢，薩克只是呆板地存起來，想不出玩樂的好點子，頂多是跟莉蒂雅到好一點的旅館廝混幾天，看在大夥眼底實在很替他沒勁。

「長官。」沙德克抱著艾娃，提醒的眼神。

薩克看了看錶，嗯，也該追去機場了。

第118話

薩克獨自一人坐上改裝後的豐田汽車，在雪地裡朝著莫斯科機場前進。日本車便宜又好開，在精通機械的撒亞改裝下變得非常合適北國的氣候。

更重要的是，跟〇〇七情報員一樣，這輛拼拼湊湊的豐田汽車有幾個轡了不起的武裝設備，亞硝酸銀蒸汽噴霧、高速刃網噴射器，以及車盤底下的榴彈砲，好用得很。只不過所有的配備都是俄國製，而不是昂貴的德國貨，按鍵也少了好幾個。

距離莫斯科機場，只剩下一個小時的距離。如果不考慮太過分的路況的話。

「如果換個地方相處，莉蒂雅也許會對我另眼相看吧。」薩克想。大衣口袋裡，一張前往埃及的機票。忍不住踩深油門。

眞想看看莉蒂雅看見自己坐在她旁邊，臉上的表情。

薩克胡思亂想著，忽然間，前方駛來了一輛熟悉的車子。

在莫斯科，這種囂張的吉普改裝車可沒幾輛，還漆著大白鯊的圖案。

「是阿勞的車。」薩克咕噥著。這傢伙不是應該窩在女友家嗎？

本想錯身而過就好，薩克還是下意識地閃了招呼的車燈。只見兩車交會時阿勞用一種很奇怪的表情看著薩克。

阿勞按下喇叭招呼，一手舉起揮舞。

薩克不予理會，繼續開他的車。鐵血之團除了一起海宰吸血鬼然後分錢外，不需要有多餘的交情，這樣才能確保危急時拋下同伴不會有累贅的心理負擔。薩克的原則。

一陣急促的輪胎摩擦聲。

薩克看著後照鏡，只見阿勞用誇張的緊急迴車，竟跟了上來。

兩車並肩。

「……」薩克看著一旁神色古怪的阿勞，拉下車窗。

「長官，你要去哪啊！」阿勞大聲問道。

「關你屁事。」薩克踩下油門。

「怎麼不關你事！今天可是你把我們緊急召回，要不然我才懶得從安娜的床上爬起來咧！」阿勞抱怨，踩下油門輕鬆跟上。

「緊急召回？」薩克皺眉。那是什麼？

「沒這回事？你別開玩笑啊，長官！」阿勞表情很錯愕。

「你被惡作劇啦，白癡。」薩克冷淡回應。

「眞的沒這回事？」阿勞無法置信。

「沒。」薩克又加速，車後飆起一陣雪花。

「……彼得那混帳，竟敢用緊急召回來唬我！我要回去睡覺啦！」阿勞恨恨罵道。

阿勞的吉普車逐漸消失在薩克的後照鏡，看樣子是要回到女友家溫存了。

薩克失笑，阿勞這白癡傢伙，竟會被剛剛入團不久的彼得一通電話唬住，實在是瞎混。更扯的是，自己從來沒有搞過什麼緊急召回，懶惰的阿勞會被這樣的理由從溫暖的女人窩裡挖出門，未免太沒腦筋。

薩克看著前方，銀白色的道路，雪漸漸大了起來。

……

不對。

不對勁。

「彼得有這個膽子，開這樣的玩笑嗎？」薩克愣住。

煞車，緊急掉頭，油門全踩。

薩克心中的不安像滴在杯水中的墨珠，逐漸渲染擴大。

薩克一手抓著方向盤，一手快速按著手機按鍵。但沒有訊號，一格訊號都沒有。

雪一大起來，莫斯科的手機通訊就開始不穩。什麼爛品質。車內廣播斷斷續續傳來暴風雪接近莫斯科的新聞，機場所有航班全都不確定。

快走吧，莉蒂雅。薩克心想。

好不容易想起了阿勞女友家大概的位置，薩克終於趕上阿勞的吉普車，狂按喇叭。

阿勞的吉普車減速，讓薩克的車靠過來。

「阿勞！」薩克拉下車窗，大叫。

「搞什麼啊長官，不會是要告訴我其實是有緊急召回的吧？」阿勞臭著臉。

「彼得是什麼時候打電話給你的？」薩克的車子緊貼阿勞的車。

「啊？很重要嗎？我又不急著扁他。算了啦，別罵他，是我自己笨。」阿勞。

「這是命令，快回答我！」薩克吼道。

「……大概在一個半小時前吧？」阿勞聽出薩克語氣中的不對勁。

一個半小時前，那時自己剛剛從基地開車出發不久吧。中間大概隔了一個小時。

彼得爲什麼要開這種玩笑？基地的電話一直撥不通，完全不曉得那個惡作劇是怎麼一回事。

「彼得是怎麼說的？」薩克將車子停在路邊，阿勞也是。

「他說你說有筆很甜的大買賣，不必帶傢伙，叫我們快些回去，兩個小時後出發，跟不上的就別想分錢。」阿勞說，語氣到了末端已經略微顫抖。他的胸口彷彿被重重毆了一拳那樣的悶。

薩克沉默了一下。

「長官……」阿勞緊張起來。

「基地的電話沒有人接，所有人的手機也打不通。」薩克凝重地看著天空，繼續道：「暴風雪還沒到，莫斯科的手機通訊就已經整個掛掉，一點訊號都沒有。雖然通訊的狀況一直沒有好過，但，完全沒訊號也不對頭。」

阿勞拿起手機，的確，也是毫無訊號。

這樣的況狀，答案凜然而懼。

「是陷阱。」薩克下了結論。

「彼得是內奸。」阿勞背脊生寒。若非遇上薩克，自己就踏進了死神的鐮刀圈。

怎麼辦？薩克的腦子裡瞬間閃過好幾個想法。

吸血鬼安插在鐵血之團的內奸彼得，在祕密打了幾通要大家緊急集合的電話後，吸血鬼就想辦法將莫斯科的手機通訊全都癱瘓，好讓所有成員之間可能的確認都失效。吸血鬼多半是用武力控制了電信公司吧……做到這種地步，可見吸血鬼要剷除鐵血之團的決心。

至於現在的狀況……

優勢一。彼得趁著戰鬥力最強的自己跟莉蒂雅不在基地的時候，通知吸血鬼發動攻勢，可見吸血鬼懼怕自己與莉蒂雅，由此可見吸血鬼對自己所能發動的攻勢估計有限，尤其在近身戰。

優勢二。吸血鬼並不知道自己會在路上遇到阿勞。自己跟阿勞兩人，就成了吸血鬼沒有算進去的擾亂因素。自己放在車上的軍刀，或許足夠讓整場突擊的結果翻盤。

劣勢一。可能會死。來襲的吸血鬼數量並不明確。對方將自己與莉蒂雅剔除在外，或許只是爲了使任務更容易達成。自己打慣了收集敵人資訊再予以悠閒摧毀的仗，深知面對突如其來的戰火，深陷泥沼的恐怖感。

劣勢二。可能會死。沒道理踏進明知危險重重的屠戮之地。自己組成鐵血之團的目的是爲了宰吸血鬼賺錢，而不是搞聯誼。跟團員之間的情感保持距離，也是爲此。

「長官，怎辦？」阿勞手心出汗。

「……」薩克不知道怎麼開口才好。

「對了，彼得還說，這筆大買賣甜到，就連莉蒂雅也接到了緊急召回，眼巴巴從機場趕回基地。」阿勞抓著頭。

「安全第一。」薩克發動引擎。

第119話

廢棄的奶粉工廠。或者說，鐵血之團的祕密基地。

沙發，爐火，電視機。

「長官現在應該到機場了吧？希望能在暴風雪前飛走。」沙德克摟著艾娃。

「眞羨慕。雖然我不喜歡埃及，但總比這個鬼地方要來得好吧？」艾娃。

彼得起身，穿上厚重的防雪外套，戴上手套。

「去哪啊？外面雪這麼大。」沙德克問，雙手不安分地在艾娃身上游移。

「難道留在這裡，看免費的鹹溼片啊？」彼得笑笑，按下車庫拉門開關。

「去！滾得遠遠的！」沙德克哈哈大笑，看著彼得的背影。

彼得沒有回頭，只是識相地揮揮手。車庫門自動放下。

沙德克與艾娃繼續放肆地纏綿。

「那小子要再不走，我恐怕得邀請他加入了。」艾娃咬著沙德克的頸子，狠狠地。

「嘖嘖，我可不愛那套。」沙德克脫掉身上的衣服，露出像熊一樣的魁梧身軀。
沙發旁，老舊的電話機下，不知何時被剪掉的電話線。

□

被風雪圍困的莫斯科機場。
莉蒂雅看著手機，一格訊號都沒有。
看了看四周，沒有熟悉的身影。
「不是在大衣裡，偷偷放了張我旁邊座位的機票嗎？」
莉蒂雅坐在行李上，納悶地咬著核果餅乾。
對於那個男人，自己也分不清楚是什麼樣的感覺。
自己很喜歡跟他做愛，但沒有喜歡到不跟別人做愛的程度。
自己很喜歡壓著他，但也挺喜歡被他壓著。雖然前者得到高潮的機率大得多。
自己很喜歡他找自己做愛，而不是艾娃或其他妓女。她承認看見艾娃從那男人房間走出來的時候，心裡很不舒坦。

說來說去都是跟做愛有關，所以應該不是愛情？真的只是做愛的關係？

做愛嘛，誰不需要？

但，用以上不斷自我打轉的辯證語句去推敲兩人的關係，本身就夠有問題的了。

坐在行李上胡思亂想，莉蒂雅發覺自己之所以特別喜歡跟那男人做愛，可能是因爲那男人很理解，或者，很包容她身上的那些疤痕，視之無物。

有時候某些在酒吧釣上的小夥子，爲了她的美貌跟她上床，見了或摸了她身上的傷痕後，那些驚懼、或充滿疑問的表情令她很不自在。

但只爲了那男人可以毫無芥蒂地跟自己做愛，就認定他對自己別有情愫，無疑是件可笑的事。說到底，那男人之所以包容她身上的疤痕，多半還是因爲他自己身上的疤痕更多、更醜陋、更恐怖吧。

然而自從無意間看見那男人的大衣裡，有張前往埃及的機票後，莉蒂雅就開始無法分辨自己的情感陷入了什麼泥沼。尤其那男人剛剛不肯直截了當跟上，顯然是要給自己一個驚喜……這舉動居然讓自己緊張起來。

驚喜的意義是什麼？不管。那個男人會想到驚喜，本身就是超乎想像的事。所以自己應該識相點，在他突然出現在身邊時，做出感動的表情？

「天啊！你怎麼會在這裡！」莉蒂雅在行李上，練習驚喜的語氣。

但實在不像。太不自然了。

「喂，你這傢伙在搞什麼？」莉蒂雅擺酷地說，但自己立刻否決了。

這樣的態度雖然很像平常的自己，卻實在對不起那男人僅有一次的驚喜。而且自己根本不是這樣的情緒。

「該怎麼辦呢？」莉蒂雅苦惱著，看著機場外的大雪。

距離起飛的時間越來越近，看板上還未顯示航班延遲的訊息。

那男人，還沒有來……

第120話

大風雪籠罩著整個莫斯科。

普藍哲夫咬著雪茄，穿著一身華貴的白色狐裘，站在高樓上風處，迎著拍打在身上的雪，冷笑：「連著兩年猛抄我的貨，幹我的人，可以。都可以。」

普藍哲夫的鼻子、嘴角呼出煙氣：「記得買單就行！」在雪白的狐裘上擦著手掌的鮮血，格外觸目驚心。

幾個屬下跟著得意起來，殺意高昂。

吸血鬼幫派，與其結盟的俄羅斯黑手黨的打手，踞高而下，監看著鐵血之團的工廠基地。這次，以逸待勞的角色交換，吸血鬼的火力更是鐵血之團無法比擬的恐怖。

基地裡的成員，早就先一步被普藍哲夫親自率人進去宰了個乾淨。連結基地的三條巷子，一個大街口，全在紅外線瞄準器的虎視眈眈下。只要鐵血之團的其他成員慢慢朝基地集合的途中，就會被吸血鬼輕鬆從上往下狙擊、料理。拖走車子跟屍體後，大雪覆蓋而下，將地上的血跡掩滅無痕。

簡直是完美的突擊典範。

「我開始可以理解，那個叫薩克的行動哲學了。」普藍哲夫冷笑，手指摳著額頭上的黑桃刺青。

與其強盜般地亂殺四方，不若像外科手術地慢慢凌遲，將這個令莫斯科頭痛不已的獵人軍團一塊塊切下，要來得賞心悅目。

遠處，兩個疾馳的黑點。

「是薩克的車子，大概還有三十秒進入狙擊範圍，大家準備。」站在普藍哲夫身後的彼得說，手裡拿著軍事望遠鏡。

果然還是來了……什麼安全第一，眞是狗屁。

普藍哲夫暗暗冷笑。人是感情堆砌的肉塊，所以弱點才會多到讓他覺得不殺掉，簡直對不起自己似的。

「等等。」

普藍哲夫嘴角上揚，制止手下對薩克開槍，說：「讓他進去基地。他看見同伴屍體的嘴臉，一定很有趣吧。」一個手勢，新命令迅速在基地四周上空的大樓上傳開，從狙擊薩克改成防止薩克從基地逃走。

充滿惡意的笑容。

□

薩克與阿勞距離基地僅有一百公尺的距離，大雪的呼嘯聲掩蓋住引擎的聲音。

空氣裡充滿氣流盤旋的切割，任誰都能感覺到，某種不祥的氣氛正在醞釀著。

阿勞依照薩克的指示將車子停住，改搭薩克武裝齊全的豐田汽車，在那之前，阿勞已將步槍架在吉普車的油門上，固定方向盤，讓吉普車直直往基地工廠的車門衝去。

薩克掛滿武裝的車子墊乎其後，預備在吉普車吸引大部分吸血鬼的攻擊後闖進基地，大肆衝殺，有多少夥伴還活著就救。如果還有受騙的夥伴正在趕來的途中，遠遠看見基地變成一團火球，也該曉得機靈地閃遠。

「長官，如果彼得只是開玩笑的話……」阿勞緊張不已。

看得出來阿勞其實很害怕。但即使很害怕，在可以選擇離開薩克的一小時前，阿勞還是選擇了拿起步槍。光是這點就值得敬佩。

「如果只是衝破車庫嚇著他們，有什麼關係。」薩克說，油門全踩。

莉蒂雅，別回來。

就算班機延遲了，也別回來。

吉普車順利衝破車庫的瞬間，阿勞也精準命中了吉普車的油箱，油箱一爆，撞成一團黑煙，車體滾成火球，成了薩克與阿勞最佳的掩護。

薩克緊急迴旋，煞車，雙手探出車窗，平舉衝鋒槍向四周一陣虛繞，膝蓋頂著儀表板上亞硝酸銀噴霧的按鈕。

阿勞在車子緊急迴旋時順勢滾下車，靠著冒火的鐵桶當掩蔽，自動步槍朝工廠上方尋找可疑的目標。

但整個基地卻沒看見半個吸血鬼。

只見沙發焦黑半邊，艾娃全身赤裸，雙手被釘在沙發架，呈大字形攤躺。下體被鈍器搗碎，髒污了一片。顯見死前遭受極大的侮辱。

沙德克被鐵鉤高高掛在半空，低著頭，整張臉都碎了。鐵鉤自脊椎斜斜貫穿沙德克的胖大身軀，錐尖滴淌黃色的脂肪，像果凍一樣涎晃著。

來不及了。

其他趕來的夥伴一定也被收拾了。

「阿勞，快上車！」薩克機警大叫，倒車迴旋，阿勞趕緊跳上。

正當車子快速衝出基地的瞬間，狙擊槍的子彈從上而下掠出，精準擊破四枚車胎。

糟糕，敵人果然在制高點。薩克快速按下急速噴膠塡充鈕，欲將車胎暫時補合，不料他的腰際突然一陣刺痛，眼前的景象扭曲。

原來如此。

車子斜斜撞上對街的廢棄廠房，停下，引擎空轉。

薩克軟倒在方向盤上，半睜著眼。

「對不起，內奸不只一個。」

阿勞冷冷地看著一旁的薩克，手裡拿著特製的藥劑噴槍，眼神沒有絲毫抱歉。

薩克覺得有桶沸水在腰際滾燙著，然後蔓延到全身，燒灼著他所有的神經，撕扯著他的肌肉，那痛苦彷彿要將他身上的肌肉一片片硬扯下來似的。

但那種痛苦的感覺，遠比不過阿勞接下來所說的話。

「如果不提起莉蒂雅，長官你恐怕還是不會回來吧。」阿勞將薩克拖出車子，口中喃喃自語：「既然你是這麼對我們，也不能怪我這樣對你。鐵血之團今天算是解散了，雖然大概有不少人因爲趕不回來留下了小命。但除掉了長官你，鐵血之團就再也不是鐵血之團了。」

算計好薩克前往機場的路線，阿勞跟他來個偶然的遭逢，透露基地將臨的危險……精細設計的陷阱，就跟薩克往常留給吸血鬼的重擊一樣。避無可避。

麻醉藥劑的量下得非常重，所以薩克連開口都沒有辦法，下顎像是被拳王的上鉤拳粉碎般疼痛，舌頭如同點了火啪滋啪滋燒燙著。

由於受過嚴格的反藥物訓練，薩克強忍著非人的痛苦，不使自己昏厥過去。

「當內奸的感覺如何？」普藍哲夫的靴子駕到，笑得極爲暢懷。

那個總是跟他作對，搞得他動輒損失好幾箱美金鈔票的鐵血之團團長，如今只剩下一張無法擁有表情的臉。

幾個邪惡的念頭螞蟻般在普藍哲夫的腦袋上搔癢，無法停下來的癮。

「還不錯。」阿勞勉強笑著。

畢竟阿勞跟新加入的彼得不一樣，他跟著薩克已經三年了，從秘警時期就一直是薩克麾下的成員，要說沒有感情反而荒謬。阿勞甚至在剛剛暗中發誓，如果薩克有點良心，命令他不必冒險跟著自己回基地，他就會向薩克和盤托出。

至於自己遭到脅持的女友，就當她運氣不好罷。

「怎麼處置你才好？看見那個死肥豬的下場麼？我可是給了他跟我公平決鬥的機會喔，只可惜死肥豬剛剛爽過了頭，虛掉啦，三兩下就被我吊了起來。他算幸運的了，死前還看了一場春宮秀呢！」普藍哲夫笑笑，接過屬下從薩克車子裡遞出的軍刀。

拔出，一股寒氣撲向臉面。

普藍哲夫頗爲滿意地賞玩著軍刀，刻意機械化的合金左手輕觸刀鋒，立刻給刮出一條薄痕。鋒快異常。難怪以前這麼多吸血鬼在這柄軍刀下吃了大虧。

「阿勞。」薩克用盡所有意識，口齒不清地說話。

「喔？」普藍哲夫有些訝異，眞是不可思議的意志力啊。

「可不可以幫我……告訴莉蒂雅……待在……埃及……別回來了……」薩克用力從喉嚨裡擠出這幾個字，每一個字都是無法想像的力氣。

這是他最後的請託。阿勞理解。

「對不起，莉蒂雅是個危險人物。」阿勞艱澀地說。

他本想一口應允薩克的，但普藍哲夫就在一旁，無論如何也不能說錯話。

「……」薩克困頓地閉上眼睛。

如果是這樣的話……讓你活著，對莉蒂雅來說實在是太危險了。

薩克的身子如豹子般蹶起，沒有多餘的聲響與累贅的姿勢，手中不知何時已多了一把紅軍匕首，狠狠刺向阿勞的頸子。

阿勞呆呆看著前方，眼前一黑，與薩克同時倒下。

普藍哲夫冷淡地看著地上。

阿勞頸動脈被匕首攢破，白色雪地迅速擴染出一大片冰凍的紅。薩克趴在一旁，用盡了所有力氣，全身被麻醉劑呑沒，陷入雪裡。

阿勞的眼睛無限哀求地看著普藍哲夫，即將氣絕的他，對這個慘澹的人世還有眷戀。

普藍哲夫惡作劇般看著阿勞。哎呀，實在是不想咬他，他並不缺爲非作歹的屬下。

做一些敵人不喜歡的事，一向是普藍哲夫的邪惡嗜好。

但看在薩克想殺死阿勞的份上……

「老大，現在怎辦？讓他們被大雪活活冷死麼？」一個屬下問道。

「把他們兩個都帶走。」普藍哲夫邪惡地冷笑，看著薩克。

將這個傢伙，咬成他深惡痛絕的吸血鬼吧。

然後，再給他一個，不得不拚命活下去的理由……

凶手大拇指

命格：天命格

存活：無

徵兆：看著染滿他人鮮血的雙手，卻沒有感到愧疚的心理。並非冷血，只是視殺人為日常生活解決事情的「正常手段」之一。在你的字典裡，罪惡感是很奇怪的語詞。在你的大拇指上會有奇異的突起，是外顯的凶相。

特質：許多「專業殺手」都是宿主，而非「殺人犯」，其中差異不可不辨。擁有此命格的宿主在進行戰鬥時冷靜非凡，甚至有餘力展現出個人風格，例如在殺死目標前完成目標死前最後一個願望，或是在殺人後不忘放下一朵花當作註解。

進化：天地一殺，槍神奧義

第121話

「薩克，你們鐵血之團追殺我這麼多年，應該很清楚我普藍哲夫的手段。」

「……」

「薩克，我們也算是多年相交了，給你個選擇。你是想分一百天被我七凌八虐到死，還是痛痛快快讓我咬一口，變成你最討厭的夜之族？」

「哼。沒在跟你怕痛的。」

□

儘管等不到身旁的空位被塡滿，莉蒂雅還是沒有走下飛機。因爲她就是那種女人。

或許那男人會晚一班飛機到埃及？

但沒有。接下來的好幾天也沒有。

似乎永遠也不會有。難道那男人故意讓她看見放在大衣裡的假機票，大大捉弄她一番？腦袋裡一出現這樣的想法，漸漸地，莉蒂雅從不知所措的期待，轉變成恚怒不已的鬱結。

兩個月後，莉蒂雅在尼羅河畔的露天咖啡店欣賞黃昏彩霞時，赫然看見桌上一份銷量最大的《開羅日報》，頭版出現了一個斗大的半版廣告。

「鐵血之團遭襲，我需要妳的鎖鏈。」

鎖鏈？鐵血之團遭襲？

莉蒂雅瞇起眼睛。

□

莉蒂雅從陽光耀眼的埃及回到俄羅斯時，在飛機的小小窗口看見一片銀白的莫斯科。

那雪似乎沒有停止的跡象，彷彿時間在她旅行的這段期間正好被暴風雪凍結住似的。「我需要妳的鎖鏈」這幾個字，讓莉蒂雅歸心似箭。

但高空下的機場正冒著熊熊濃煙。所有乘客開始騷動。

「怎麼回事？」莉蒂雅驚詫不已。

飛機上的機長廣播：「各位旅客請注意，莫斯科機場半小時前遭到恐怖攻擊，本機基於安全原則，將前往另一機場降落，敬請各位旅客不要驚慌……」

恐怖攻擊？莉蒂雅背脊發寒。

由於開羅機場各種因素浮動不定，航班出了名的亂七八糟，莉蒂雅沒趕上原先預定的班機，怒氣勃發之餘，迅速偷了另一名旅客的護照，用別的名字改搭了下一班航機，這才陰錯陽差躲過莫斯科機場的「恐怖攻擊」。

肯定不是巧合。

隱藏在黑暗中的敵人，從旅客名單中得知莉蒂雅本來搭乘的飛機，在機場發動無差別的連坐猛襲——絕對不能讓莉蒂雅活著下飛機的猛襲。

莉蒂雅心中有個極不祥的預感，手心盜汗，幾乎無法呼吸。

那個男人，該不會已經死了吧……

「薩克，等等我。」莉蒂雅這輩子第一次，聞到恐懼的氣味。

□

莉蒂雅一下飛機，就用最快的速度躲了起來，持著偷來的護照租了一台車，輾轉回到莫斯科。

將車子遠遠停放在市郊，莉蒂雅以矯捷的身手暗自潛回熟悉的，從廢棄的奶粉工廠改造成的鐵血之團基地。

基地已成了可怕的廢墟，焦火捲炙過的鐵門，被子彈貫穿的一切，遭血漬鏽的家具，沒能完全清理完、尚黏在地板上的屍塊。

那些都是同伴一一喪命的痕跡。極度殘忍的影像藉著莉蒂雅的想像力，快速在荒棄的基地裡重複播放。

「到底發生了什麼事！」莉蒂雅胸口翻騰，但害怕的情緒遠遠超過憤怒的火焰。在她腦袋的想像裡，正奮力抗拒那男人遭到屠戮的畫面。

以他的身手，還有他安全第一的理念，要自保逃走肯定不是難事吧？

突然，基地的另一處傳來細密的聲響。莉蒂雅屏氣凝神，倒攀著基地天花板上的鋼架，小心翼翼從上方靠近可疑的聲源。

莉蒂雅戴上特製的熱感應偵測鏡，看見門後晃動著兩個鬼鬼祟祟的身影。有效距離三十公尺的偵測鏡上顯示的感應溫度：二十四．五度。吸血鬼。

「你說莉蒂雅眞的會回來嗎？我看她已經在機場給炸得血肉模糊了。」一個聲音。

「薩克說，莉蒂雅沒有那麼容易被殺死，說不定什麼時候會偷偷回來這裡。我們還是小心點好。」另一個聲音。

莉蒂雅再怎麼沉著冷靜，聽到薩克二字的時候身子還是劇震了一下，差點鬆開抓在鋼架上的雙手。

「薩克好不容易將莉蒂雅騙出莫斯科，才藉著緊急召回的命令，讓我們對鐵血之團的成員逐一下手。看樣子薩克那傢伙對莉蒂雅的評價很高啊，我們還是小心點好。」

「說起來薩克還眞是奸詐，爲了錢，爲了永夜，居然可以將出生入死的同伴出賣，簡直是卑鄙到家了。跟我們家普藍哲夫老大眞是同一調調。」

「這次在埃及登報騙莉蒂雅回莫斯科，恐怕也是薩克出的主意吧？」

「當然是吧，斬草除根，殺！」

「我可不想跟這樣的人共事，怪不舒服的。」

「放心吧，普藍哲夫老大不會讓殘殺過我們夥伴的傢伙加入的，利用完了薩克，咱老大就會將薩克給一腳踢開吧，哈哈！」

騙出莫斯科？爲了永夜？埃及登報？斬草除根？

莉蒂雅的手緊緊地抓著，幾乎要擰曲了鋼架，眼前黑漩不已。

一股激烈的憤怒之火幾乎要撕裂莉蒂雅，即使還未明白整個情況，個性火爆的莉蒂雅已經想一躍而下，先宰掉這兩個多嘴的吸血鬼洩恨再說。

如果莉蒂雅能夠壓抑住憤怒，精明點尋找基地裡的蛛絲馬跡，或許就會發現，自己從潛入基地的第一秒開始，就已經被隱藏式動態攝影機捕捉到。於是普藍哲夫邪惡的詭計之輪，再度緩緩啓動。

遠遠傳來隆隆的引擎聲，來者似乎不少，至少有三、四輛車子以上。

好不容易莉蒂雅冷靜下來，明白再多待一秒都是危險，尤其來者若有喜歡改造自己身體的普藍哲夫，更是有死無生。

沉住氣，莉蒂雅循著原路，迅速潛出基地。

□

車上一陣大笑。

「老大，你瞧這種程度的騙局，誆得倒莉蒂雅嗎？」彼得抽著菸，他的頸子上，已多了兩個鮮明的齒孔。

「我們當吸血鬼的，有無盡的生命可供享受，如果不能痛快玩弄這些自以爲是的獵殺者，不是太可惜了嗎？接下來，就可以故意放走已成爲血族的薩克了。」普藍哲夫恣笑著，咬著雪茄。

一場邪惡的騙局，已揭開序幕。

第122話

一年又七個月過去。

莉蒂雅靠著堅強的意志，與復仇的決心，逃過普藍哲夫一派的連環追殺。

莉蒂雅甚至在寒風中的密林裡，苦練新的鎖鏈絕技。

鎖鏈的末端，從佈滿堅硬利刺的鐵球，換成了更易產生風切的鈦合金刃柄，鎖鏈的總長度也從三點五公尺調整爲八公尺，讓莉蒂雅的攻擊範圍更廣、更靈活。

更重要的是，莉蒂雅將滿腔的悲憤與怒火，強自壓抑，扭曲成一股不再懷抱感情的冷冽。她的鎖鏈刃球技術，已經不再單純地遵循物理的法則，進入了「鬼禪」的境界。

鎖鏈變成了奪命的虛無距離，肉眼無法辨識的瞬間過程。

刃球在林子裡瞬間加速產生的風切，幾乎將大風雪的咆哮聲擠壓成空洞的嗚咽。

無數樹身上充滿可怕的削痕，連風都給切成一片一片的飛屑破散。

「總有一天，要你嚐嚐……新鐵血之團的厲害！」莉蒂雅看著刃片上的倒影。

慢慢地，莉蒂雅重新集合沒有誤中陷阱的舊夥伴，並從秘警署、紅軍特種部隊退役軍人中召募新的夥伴，甚至整合習慣獨立作戰的嗜獵者，成立新的鐵血之團。

莉蒂雅嚴格肅整，加強軍事作戰訓練，令新鐵血之團陣容更大，人數高達七十五人。團員共分成六小隊，可用的戰術也更多、更靈活。

由於莉蒂雅貫徹以子彈換取鈔票的宗旨，不管是從吸血鬼黑手黨劫來的毒品或種種物資，莉蒂雅一律換成更實際的火力，是以新鐵血之團的火力更猖狂，光軍用直升機就弄到了三架，甚至連輕型裝甲坦克都有了，子彈更是無限制供應。

偶爾在一些冷清的夜，幾間以前常去的旅館酒吧，莉蒂雅會看見薩克的孤獨身影。遠遠地，在大雪中默默凝視著自己。

「過來！你給我過來！」莉蒂雅總是歇斯底里地追出去，甩著鐵鍊，瘋狂地攻擊每一個無法細辨的風吹草動，直到筋疲力盡爲止。

「你怎麼可以背叛我們！」莉蒂雅對著幾乎被大雪埋在深處的薩克咆哮。

成了吸血鬼的薩克始終一言不發，就跟過去一樣，鋼鐵般的沉默寡言。

但知道薩克確實成了吸血鬼這一點，對莉蒂雅來說就夠了。

就夠了。

以薩克這種，父母親相繼慘死在吸血鬼手中的成長歷程，一旦自己被咬成了最憎恨的吸血鬼，怎麼可能不了結自己的性命？答案只有一個：薩克自己樂在其中。

即使是不需要言語的肉體關係，莉蒂雅還是矛盾地自以爲了解沉默寡言的薩克，沒想到薩克完全與自己想像的那個人背反，根本就不是那麼一回事。一年半前薩克背叛鐵血之團的殘酷，更是毫無異議的事實。

「莉蒂雅……」薩克站在陰冷的黑暗裡，從來沒有流過眼淚。

因爲他的淚珠，在尙未流出眼眶前，就凍成了寒冷的冰。

□

普藍哲夫承認，他當初的邪惡遊戲促使莉蒂雅變成難以應付的敵人。

比起現在動輒摧毀一整個吸血鬼幫派的新鐵血之團，舊鐵血之團的把戲，根本只是溫吞的細嚼慢嚥。

「上個月派去新鐵血之團的奸細，居然被莉蒂雅識破，屍體就丟在上次我們被襲擊的倉庫裡，擺明了跟我們炫耀。」彼得報告。

「老大，兩個月前被我們擊潰的紅月獵人團，剩下的五人好像也加入了新鐵血之團，這下好像有點不妙……」阿勞說，他的頸子上也有了魔鬼的印記。

普藍哲夫瞇起眼睛，雪茄上的灰已燒到了厚實的嘴唇。

多達八十幾人的新鐵血之團，重型裝備又多，是優點也是缺點。優點不在話下，但缺點在於，不需要滲透奸細，也很容易查出基地的位置，即使是莫斯科這樣的鬼地方，能夠容納一個兵團的藏身之處還是眞夠顯眼的。

而新鐵血之團基地的防禦資訊，亦快要蒐集完備。位於山頂險要之處，地下化的軍事要塞，易守難攻。

「老大，不如正面跟他們對決吧，勝利女神應該站在我們這邊。無論如何，我們的火力還是比較強大。」一個屬下建議。

「我不管勝利女神那賤貨是不是站在我們這邊，但，能用睥睨的姿態打贏這場仗，爲什麼要多流汗呢？」普藍哲夫冷笑，直接用沒有感覺的金屬牙齒嚼碎了雪茄。

高度軍隊化的新鐵血之團是所有莫斯科，不，所有俄羅斯吸血鬼共同的敵人，也是讓黑手黨寢食難安的惡性瘤，沒道理單單自個兒挑上他們。

一個月後。

空前強大的吸血鬼聯合兵團，以國家級的可怕軍力，從四面八方圍住新鐵血之團。

第123話

「Action!」普藍哲夫點燃雪茄。

沒有月亮的黑夜，十幾架軍事直升機同時發射出空對地飛彈，擊毀新鐵血之團通往山下的四條要道，以及兩座停放直升機的地面倉庫。

十三分鐘前，地下化的新鐵血之團早已從雷達上知曉吸血鬼軍團的來襲，從薩克那裡學到無數戰略的莉蒂雅果斷拒絕啓動直升機應戰，因爲他們的空軍戰力遠遜於吸血鬼，直升機升空只是徒然犧牲好手。

事實上，新鐵血之團也早已準備好應付這一夜的到來。

吸血鬼聯合兵團十五台裝甲坦克的厚重履帶碾過呈三十度角的雪坡，沉重到幾乎畢剝壓碎底下的岩石，裝填好砲彈的大砲管逐漸對準基地，強硬的車影掩護了跟隨在後的龐大吉普車隊。

數百名身著黑色雪衣的吸血鬼低矮著身子穿梭其間，俱是莫斯科及其外圍吸血鬼武裝幫派的聯合兵團，聲勢浩大。

超越了武裝衝突，簡直就是戰爭！

「倒數三分鐘，ＥＭＰ炸彈預備！」莉蒂雅下了第一個命令，所有人根據演練再三的策略各就各位，毫無遲疑。

十數道照明彈噴上天際，爆開，照亮吸血鬼軍團的影子，與盤旋其上的直升機。

楔字形的基地地下掩體，以居高而下的地形優勢，同一時間爆射出數十道槍火，迫擊砲聲此起彼落，吸血鬼軍團一時之間無法找出祕密掩蔽的槍火出處，居前探勘的步兵應聲就倒，其中還有不少是人類傭兵。

「笨蛋！靠著坦克慢慢推進！」普藍哲夫對著無線電大吼。

「有地雷！」一個吸血鬼步兵感覺腳下有異，大叫。

但身旁的坦克車已經碾過地雷，車底瞬間劇震，黑煙與火焰爆開，炸藥的威力幾乎將整台坦克給掀翻。

不只是地雷，新鐵血之團擁有的新型武器也悍然登場。

裝載高壓縮亞硝酸銀的氣罐埋在雪底，等待吸血鬼軍團最接近時，一經遙控，銀氣立即高速從地下噴出，令吸血鬼懼怕的銀分子快速瀰漫在空氣中。

幾個吸血鬼皺起眉頭，眩然倒下，四肢抽搐不止。

「防毒面具！」簡單的指令，所有步兵趕緊戴上防毒面具，但動作較慢的已經吸入過多的銀，七孔流血而死。

雪地裡的地雷多不勝數，縱使吸血鬼軍團射出高科技貼地飛行的地雷引爆儀，但在新鐵血之團的猛烈攻擊下，還是無法完全清除。

雪地連處爆炸，噴起一柱柱灰白色的瀑布屑塊，幾個步兵給絕大的威力轟到半空中，又有數台坦克變成烈火熊熊的廢鐵。

這些戰爭畫面透過掛載於直升機上的攝影機，及時由衛星傳到莫斯科的幾個角落。

「普藍哲夫，這是你想要的戰爭。如果你贏不了，我肯定你無法在莫斯科繼續待下去。」一個黑手黨教父坐在賓士車上，冷眼看著螢幕前瀰漫一片的煙硝。

「所以，你最好開始祈禱吧，你的地位岌岌可危啊。」另一個爲此場戰爭投下鉅資的吸血鬼將軍，坐在辦公室的電腦螢幕前，瞪著慘不忍睹的畫面。

「哼。」普藍哲夫冷冷不予回應，心中卻是極度憤怒。全是一群混帳東西，自己可是親自上陣，坐在直升機上掌控戰局，那些大老有什麼資格說話！找一天通通做掉，自己當老大！

在安全的高空觀察了一陣，十幾架直升機終於俯衝而下。

直升機上的機關槍來回掃射可疑的地面隆起處，試圖壓制基地的反擊，並丟下螢光染彈標記明確的參照座標，供坦克部隊的砲擊瞄準。

「砲擊！」

砲彈衝出，於空中削出可怕的尖銳聲音，然後是猛烈的天搖地動。

在直升機與地面坦克部隊的相互合作下，基地掩體好幾處被擊毀，死傷慘重。直升機卻只被擊落兩架。

吸血鬼信心大增，步兵魚貫衝前，展開最激烈的遭遇戰。

吸血鬼的驚人體質在此刻展現優異的壓倒力量，新鐵血之團的第一陣線頃刻潰敗，所有團員從地道退守至第二道掩體防線。

「EMP！」莉蒂雅瞇起眼睛，與周遭部眾戴上耳罩。

無形的電磁波風暴以基地爲中心，海嘯般朝四面八方狂襲而去。雖說無形，但可怕的電磁能量在空氣中激起的擾動，彷彿令所有人的動作都暫時停止了。

「糟糕！準備迫降！」直升機的儀表板完全錯亂，機尾狂甩，坐在後頭的普藍哲夫瞪大眼睛。

所有天上飛的機器全都重重摔落地面，坦克的履帶也錯愕地停止推進。

EMP的威力無差別地攻擊彼此的科技設備，震波甚至令周遭的雪塊產生鬆動，大塊大塊崩落，困陷住吸血鬼軍團的重裝備。

機械的差距消逝。戰爭回歸到最原始的形態——槍火燎原。

普藍哲夫所乘坐的直升機也墜毀，但他全身有一半的部位都是改裝過後的強化金屬，只跌了個灰頭土臉就從殘骸中踹門而出，雪茄還緊緊咬在牙齒間。

「戰鬥！」普藍哲夫舉臂大吼。

「到了日出，我們就贏定了！」莉蒂雅咬下手榴彈的拉環，拋出。

兩軍展開猶如諾曼第搶灘的攻防戰，槍林彈雨，血屑紛飛。

數量極優勢的吸血鬼軍團，豹子般重點侵襲部分掩體，將火線打開小小的缺口，然後像細菌一樣將新鐵血之團的創口狠狠咬開。

佔地勢之便，以逸待勞的獵人們以超越一個連的防守軍力，毫無懼色拚命死守。

人類，吸血鬼。

正義，邪惡。

最尖銳的對立，毫無轉圜的廝殺！

遠處，一個熟悉的身影。

舊鐵血之團的軍服，在血腥味極重的夜風中，孤獨地獵獵作響。

第124話

雪地版本的諾曼第登陸，即使對調了正邪兩方的攻守立場，卻是相差無幾的慘烈。

一個多小時後，雙方戰鬥到幾乎削盡彼此所有的氣力，看似數量無限制的子彈居然也到了乾涸的盡頭。傷重到氣若遊絲的獵人們躺在掩體裡，茫然地扣著虛浮的扳機，不知道是殘餘的意識，還是屍體僵硬的自然抽搐。七成的吸血鬼軍團，也成了一堆堆趴伏在血雪裡的僵屍，或倒在掩體裡與獵人互殺到死。

在剛剛那六十三分鐘裡，潮水般的吸血鬼軍團略勝一籌，新鐵血之團的防線全部崩潰。鋼鐵般的普藍哲夫，殺氣騰騰率領爲數二十幾名的勇悍部眾殺進掩體連接的地下通道，即將直搗作戰中心。

新鐵血之團，只剩下孤獨的一個人。

但普藍哲夫萬萬沒有想到的是，在地下通道裡，他即將面對的是什麼樣的怪物！

一道強如砲弩的疾風！

「等你很久了！」莉蒂雅大吼，鋼鏈甩出，刃球顫舞。

莉蒂雅猶如棲息在地道裡的死神，較之露出森白獠牙的吸血鬼，更接近地獄的獸。迅猛絕倫的刃球，在近身作戰的短短半分鐘內，將普藍哲夫身邊的部眾們削成了慘叫的肉塊。莉蒂雅的動作雖無吸血鬼的迅捷，但鋼鏈在她手中極爲靈轉，有時鋼鏈先在手臂上纏捲五周後，再擊殺逼近至鼻前的吸血鬼，下一秒莉蒂雅懸臂一甩，纏住手臂的鋼鏈登時脫韁而出，吹熄遠在十步之外敵人的生命之火。

頸子、肩膀、手臂、腰際、大腿、小腿等任何部位，配合著莉蒂雅俐落的動作，都可以是鋼鏈纏捲的暫棲之所，刃球變成忽長驟短的毒蛇。

殺！殺！殺！二十多名吸血鬼愕然倒地。

莉蒂雅的眼睛，終於來到唯一還有氣息的來襲者——與薩克合謀殲滅鐵血之團的普藍哲夫。

心如沸水，恨意全開。莉蒂雅的刃球筆直砸出！

「了不起！」普藍哲夫獰笑，身形卻是模糊一震。

普藍哲夫胸口的鈦合金板遭到足以貫穿身體的重擊，發出極難聽的轟鑿聲。莉蒂雅一擊得手，普藍哲夫卻差點抓住莉蒂雅的刃球。

差點，就是沒有。

但普藍哲夫另一隻拳頭，卻朝莉蒂雅下腹猛擊！

鋼拳陷入崩潰的腹部，莉蒂雅雙眼瞪大，往後斜飛，撞上花崗岩打鑿的牆壁。石屑紛飛。

「嘿！」普藍哲夫快速跟上，在隧道裡做驚人的三度空間跳躍，手腕喀喀一拐，拳頭縫赫然彈出金屬突刺，寒芒唰出。

撞上岩壁的莉蒂雅甫落下，看見普藍哲夫凶猛欺近，也只能慌亂打滾避開。莉蒂雅鋼鏈刃球本能地甩出，卻因爲下腹沉重的那一擊，失去了原本三成的力道。

普藍哲夫全金屬化的手掌猛然抓住失速的刃球，另手突刺橫斬，削斷了一截鋼鏈。然後一著重腳，狠狠向莉蒂雅的腦袋劈去。

碰！莉蒂雅雙瞳鐘擺震盪，失神倒下。

勝負已分。莉蒂雅最傲人的招式，在應當殺死普藍哲夫的瞬間卻沒能得手時，就已經慘敗。儘管那招式已近乎無懈可擊。

「嘿嘿，要登上權力的頂峰，靠的可不僅僅是權力而已啊！」普藍哲夫摸著兀自鬱悶的胸口。

強化金屬板竟給鑿得稀爛，要不是改造過幾個要害的支撐構造，剛剛自己已經死了。

頭顱遭受重擊，莉蒂雅嘴角流淌口水，表情呆滯不已。顫抖的手卻不停摸著腰際的短刀，想自行了卻生命。

普藍哲夫蹲下，輕鬆挪開莉蒂雅尋死的手。拳頭上的尖刺緩緩插進莉蒂雅的肩窩，直沒入骨。那緩慢侵襲神經的滋味，痛得莉蒂雅喉嚨底發出扭曲的哀喘。

「死有這麼容易就好了。我贏了，妳輸了，所以理所當然應該由我支配妳的生命。不過妳挺強的，差點殺死了我。所以給妳一個選擇吧，莉蒂雅。」普藍哲夫獰笑，伸出舌頭，舔著莉蒂雅美麗的雙眸。

「選項一，妳是想被我強姦到再也站不起來，嘴巴再也閉不牢，然後肛門失血到死掉。」普藍哲夫抖動拳頭上的尖刺，鮮血緩緩從莉蒂雅的肩窩創口流出。

強悍如莉蒂雅，此刻竟怕得發抖不已。

「選項二，還是妳想，乖乖變成吸血鬼，成爲我的左右手？」普藍哲夫親吻莉蒂雅的眼睛，溫柔如紳士——雖然，這個選項是假的。

普藍哲夫覺得舌尖鹹鹹的。

「天啊，堂堂新鐵血之團的團長，竟然哭了？」普藍哲夫哈哈大笑，看著兩行眼淚落下的莉蒂雅。

刀光。

遠處晃著刀光，軍靴躂躂的腳步聲。

好熟悉的感覺。莉蒂雅抬頭。

「放開她。」薩克的聲音，薩克的軍刀。

薩克的臉。

薩克那剛毅，不帶表情的臉。那足以斷鐵的紅色軍刀。

莉蒂雅的眼神從害怕轉爲憎恨，怒火在心中燎原。

普藍哲夫又是一陣邪惡的大笑。

「我說莉蒂雅啊，妳就要死了，怎麼還想不明白？」普藍哲夫幾乎笑岔了氣，看著不再踏步向前的薩克。薩克單手握刀，凝神以待。

「……」莉蒂雅。

「薩克他這傢伙，說什麼安全第一？本來薩克想拋下夥伴，就這樣什麼也不管地跟妳飛到埃及。結果？結果一聽到妳也接到彼得發出的假緊急召回，還不是從要去機場的路上巴巴地轉回破爛基地，走上我替他設想好的結局！」普藍哲夫暢快邪笑：「我只不過吩咐屬下演一場戲，結果妳不僅信，還信出了一個新鐵血之團！信出了今天的下場！」

普藍哲夫簡單幾句話，就像一滴墨汁墜落白水，迅速在莉蒂雅的心中擴染出一幅邪惡的謊言。

巨大，扭曲，充滿惡意與嘲弄。

莉蒂雅呆呆地看著薩克。那個變成了吸血鬼的薩克。

那個從來沒有機會向自己解釋，不，即使有機會，也不見得會解釋一切的薩克。

「爲什麼……」莉蒂雅乾燥虛弱的聲音，吞下爲什麼三字後面，緊接著的累贅問句。

爲什麼薩克非自願變成最討厭、最痛恨的吸血鬼後，竟不自殺的愚蠢理由。

那個理由，既沉默，又鮮明地站在眼前。

儘管薩克從剛剛的現身到現在，都沒有看向自己一眼。

「我說啊，你砍下自己的左手，我就放了這女人。」普藍哲夫笑笑建議。

薩克左手舉刀，表情木然。他原本習慣握刀的右手，早已被普藍哲夫捏碎了筋脈，後來即使私下動了手術，仍遠不及過去的靈敏。現已改用左手。

「那你殺了她罷。我再殺了你，替她報仇。」薩克語畢，軍刀衝前！

普藍哲夫沒料想到薩克這麼果斷就出手，還沒了結莉蒂雅的性命，就被逼得扭身而戰。

一時刀光殘影，金屬火花四濺。

左手勉強使刀的薩克，若非擁有吸血鬼的超人體質，根本就不是普藍哲夫的對手。普藍哲夫頗爲輕鬆地以兩隻金屬手掌擋開薩克的軍刀快斬，拳縫突刺在薩克的身上割開數十道傷口，鮮血淋漓。但普藍哲夫想要進一步撂倒薩克時，薩克卻以固若金湯的守勢拚命擋在莉蒂雅面前。

這是薩克的死命執著，卻也是薩克的弱點，不欲移動擋在莉蒂雅前的身體，是招來傷口的原罪。

「逃。」薩克冷冷地說出。卻沒有縫隙看向莉蒂雅。

逃？

莉蒂雅看著薩克的背影。昔日兩人並肩作戰的模樣頓時重現。

那時，鐵血之團的人好少，好弱，好膽怯。安全第一。

但，那時的鐵血之團……

莉蒂雅抄起只剩三分之一截的鋼鏈刃球，踉蹌站起，用她受重創的肩頭，輕輕舞動。站在她最熟悉的，常常一起做愛取暖，約定好不需要多餘情感的夥伴後。

但就在莉蒂雅輕輕看向薩克的瞬間，普藍哲夫的拳縫突刺貫穿了薩克的頸子，耀眼的紅光，大量潑灑，飛濺。

時間暫時停止。

普藍哲夫得意洋洋拔回突刺，卻見薩克右手摀著被割斷的頸動脈，左手軍刀兀自有條不紊地刺向普藍哲夫，在他的臉上劃出一道血痕。

不肯倒下的薩克，鎮定地強壓致命的傷口，皺著眉頭揮舞著軍刀，氣勢更勝。連普藍哲夫也感到詫異，跟著實在忍不住地想笑。

「喂！我說莉蒂雅，妳就逃吧！我一點都不想跟這傢伙打下去啦！」普藍哲夫故意說反話，擋下軍刀的手掌卻隱隱感到薩克的氣力竟沒有絲毫減弱。

這傢伙，簡直就是鬼怪！

莉蒂雅努力想揮舞鏈球，肩窩卻痛得快爆炸，急得眼淚都無法歇止。

算了，要死便一起死吧。

那樣也很好，不是？

突然，隧道上空一陣莫名的震動，灰粉不斷落下。普藍哲夫的強波通訊機傳出紅色警告的聲響，普藍哲夫往後一躍，戀戀不捨地看著薩克與莉蒂雅。就算什麼都不做，這傢伙失血久了也會死，根本不必動手。

但紅色警告的內容很不尋常：「老大！人類有大批援軍突然出現！敵人配備精良，非常有組織地作戰！好像是新的獵人軍團！數量是我們的兩倍！請允許撤退！」

大批人類的援軍？在莫斯科有這種東西嗎？普藍哲夫咬牙切齒地看著表情漠然、鮮血不斷自指縫中流瀉而出的薩克。脆弱得要命，卻不知道何時才會倒下！

「嘿嘿，以後還會再見面的。」普藍哲夫留下這個哼笑，便轉身消失在地道深處，往來的方向衝出。

薩克瞪著深邃的地道。過了許久，確定普藍哲夫真的走了，這才鬆了一口氣。

這一鬆懈，臉色蒼白的薩克立刻重重倒下。

莉蒂雅近乎崩潰地看著薩克。

那個只是喜歡跟自己做愛的薩克。

那個口袋裡放著前往埃及的機票，卻死命不肯多說一個字的薩克。

那個爲了自己，即使變成吸血鬼，也只好勉強爛活下去的薩克。

但，倔強的莉蒂雅發覺自己，根本無法將不熟悉的「對不起」三個字說出口。而且還以無法諒解的眼神瞪視著薩克，就跟過去的日子一樣。

然而眼淚卻以另一種無法隱藏的形態，滴落在薩克高聳的鼻子上。

「眞想，以人類的樣子死掉啊……」

薩克淡淡地說，淡到，彷彿不是在告別似的。

快說啊！莉蒂雅！

如果無法說出對不起，另外三個字更好不是？

但莉蒂雅只是憤怒地看著意識逐漸模糊的薩克，憤怒到眼淚滂沱雨下。

地道上方一陣重響，大量的空氣隨著地道的崩塌灌入。

幾個穿著墨藍色制服的特種部隊，全副武裝地垂繩而降，動作迅捷地架起機槍朝四周警戒，隨時準備「清場」。

這些特種部隊隊員全都配備最新式的超薄溫度感測儀，肩膀上繡著銀光色的Z字，似乎就是剛剛吸血鬼發佈的紅色警告中提到的「人類援軍」。

這場不被記錄在歷史上的戰爭，終於落幕。

第125話

深海。

Z組織，專屬的祕密潛艇，核子動力寂靜地運轉著。

這個組織即將快速茁壯，成爲維繫人類與吸血鬼長期角力的第三種平衡。因爲它具有許多可怕的條件：潛伏在各國爲數不明的政客，充沛的鉅額資金，豐富的基因研究與尖端科技，跨國軍事力，與凌駕所有之上的企圖心。

明亮的實驗室艙房，乾淨的循環空氣，一個英氣十足的年輕軍官。

薩克熟睡在奇異的藍色液體裡，模樣安詳，只是白色的獠牙仍露出嘴唇。頸子上的致命傷痕上一層薄薄的透明膠膜，黏著細碎的氣泡。

「動了緊急的基因修補手術後，我們將妳的夥伴貯存在特製的醫療型冷凍櫃裡，雖然暫時只能注入吸血鬼世界專利的細胞再培養液，讓他慢慢自行修復受創的部位，但吸血鬼的體質一向復元力驚人，我想再過幾個月妳的夥伴就會痊癒。屆時我們會考慮將他從冰封的環境中甦醒過來，只是對於一個吸血鬼復甦後，我們要援引什麼樣的組織條例給他何種程度的自由，就需要開會決定了。」英姿煥發的年輕軍官坦白解釋。

「不，先別讓他醒來。」莉蒂雅摸著肩上纏繞再三的綳帶，若有所思。

莉蒂雅知道，薩克如果活轉，也可能被Z組織要求進行各種吸血鬼相關的實驗，這也正是Z組織之所以了解吸血鬼種種特性的原因。不如，就讓薩克安安靜靜地熟睡。

況且，她忘不了薩克闔上眼睛前，最後所說的那句話。

「喔？」年輕軍官疑惑。他的肩上縫著銀色的Z字，墨藍色風衣讓他神氣十足。

「兩天前我聽你們的醫官說，如果要讓一個曾經是人類的吸血鬼，再度回復到人類體質，就要找到最純種的吸血鬼，讓他再咬一口。這個說法跟我們獵人之間的傳言不謀而合。海因斯，你覺得可信度有多少？」莉蒂雅問。

這幾天，她受到這位前途似錦的年輕軍官的妥善照顧，對他印象頗佳。

更完整地說，要不是當天Z組織插手該場戰爭的時機太好，自己早已死在普藍哲夫的恐怖凌虐裡。更不用說Z組織以奇蹟似的基因修補手術，救活了她深深虧欠的薩克。

對於Z組織，莉蒂雅無話可說。

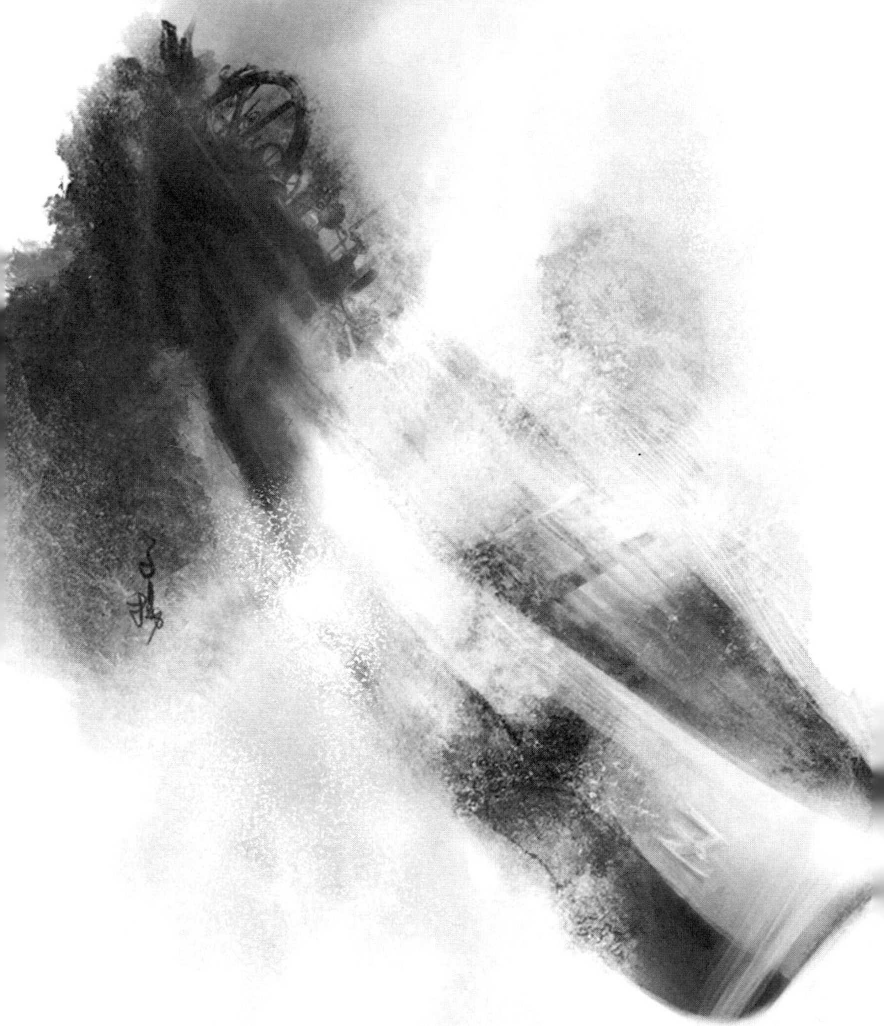

「更精確來說，我們的科學家相信，最純種吸血鬼的牙管毒素裡，存在著某種可以逆轉感染者體質的化學物質，可說是感染者的解藥。以往的古文獻也提到過幾個例子，我想是值得認眞參考的。」海因斯頗有耐心地說道。

「哪裡有最純種的吸血鬼？」莉蒂雅直截了當問。

「如果這麼好抓，我們Z組織早就活逮做實驗了。牙管毒素每經歷一個世代就會有極細微的演變，那演變往上追溯到某個簡單的構造，就可以推敲出感染可逆的化學反應。」海因斯耐心地解釋：「所謂的最純種吸血鬼，並非指血統上的最純粹性，而是牙管毒素出現得越早，化學構造式就越單純，感染了兩千年或三千年以上的吸血鬼都可能具有這樣的純粹性，你們獵人給他一個名稱。」

「吸血鬼始祖。」莉蒂雅淡淡說道。

「這樣的吸血鬼全世界恐怕不到五個，或更少。目前僅知唯一一個，確定的始祖存在，就是日本的吸血鬼天皇，徐福。」海因斯的臉色有些歉疚。

徐福啊……眞是個糟糕至極的荒謬答案。

莉蒂雅看著透明冰櫃裡的薩克。這傢伙，從來就沒有好好休息過。

「海因斯，那個冰櫃可以保存薩克的睡眠狀態多久？」莉蒂雅點了支菸，無視潛艦的規定。

「二十年都不成問題，這技術還是吸血鬼研發出來的，品質保證。」海因斯回話，笑得燦爛。

「那麼，就請幫我保管薩克幾年吧。我去去就回。」莉蒂雅走向船艙門口。

「去哪？」海因斯。

「東京。」莉蒂雅按下開門鈕，門開。

「做什麼？」海因斯不解。

「當然是綁架徐福啊！」莉蒂雅彈掉指尖的菸蒂。

門關上。

莉蒂雅孤獨的愛情旅程，正要開始。

囫圇吞棗

命格：天命格

存活：無

徵兆：宿主哪根筋不對，開始吃泥巴、吃瀝青、吃碎玻璃等常人難以想像的東西，並樂在其中，毫無腸胃不適的問題。精神科學的專有名詞「異食症」可以概括解釋此一現象。

特質：此命格跟「食不知胃」一樣，都具有扭轉宿主生理構造的特質。通常亂吃的標的會有限定，但宿主若刻意艱苦地訓練自己，則能迅速獲得啃食一切的能力。

進化：吞食天地

〈人生就是不停的戰鬥〉之章

第126話

霓虹擁擠，喧囂熱鬧的東京，有一塊安靜清雅的秘地。

秘地有個很內斂的名字，「打鐵場」。

只要是追求武道的行家到了一定的境界，不管是吸血鬼，或是人類，或是你可以想像出來的任何生命體，都可以用發誓和平作爲唯一條件，進入「那個地方」，祈心要求帶走一樣東西。

並以能夠帶走某樣只屬於自己的東西爲榮。

陳木生，並不企求帶走某樣東西。

只因爲他偏執地以爲，所謂的「強」，就是「強」本身，任何寄望在其他事物上尋覓榮寵的，都不會發出自己的光。

「打鐵場」在某個香火鼎盛的神社後山，因爲無相咒術千年以來的迷障庇隱，令打鐵場長年重鎖在幻術製造的迷霧之中，不被尋常人等發現。

只有一個守在櫻樹下的小地藏王，當作打鐵場的地標。

小地藏是結界之始，幻術迷霧將前方的道路覆蓋成一片縹緲的白。如果繼續往前走，肯定會莫名其妙走到某個剛剛駐足過的地方，並且失去路途的記憶。若不死心往前再走一次，勢必重複迷路的迴圈，鬼擋牆似的。

「裝神弄鬼，討厭的地方。」陳木生揹著烏霆殲，渾身大汗站在小地藏王前。

一握拳，陳木生的身上散發出只見於眞正高手的氣。那是內功習練到一定的境界，才會淬化成的，突破結界的數種鑰匙之一。

石頭小地藏喀喀喀睜開眼睛，慢呑呑地看著陳木生，發出操語術控制的聲音。

「陳木生，你又來了。」小地藏童稚的聲音。

「是啦是啦。」陳木生無法對模樣可愛的小地藏生氣。他就是這種人。

「背後的人是誰？」小地藏歪著頭，好奇地張望。

「要你管，昏死過去啦。」陳木生抖抖身子，烏霆殲像條大贅肉晃動。

「知道如果鬧事的話，會缺手缺腳吧？」小地藏好心提醒。

「快點讓我進去啦，小和尚。」陳木生有些不耐煩。

小地藏揮舞手中禪杖，迷霧登時破散，眼前豁然開朗。

和風煦煦，吹拂著滿山柳杉淡淡的樹香，一條筆直的階梯穿過不知名的獸徑，直鋪而上。階梯一塵不染，落葉不沾，隱隱約約最上方是個日式的木造庭宇。

陳木生踏階而上，那隔絕繁華塵世的樹林裡的氣息，彷彿有種魔力似地安定人心。對他來說，區分腳下的階梯是幻術還是實物，眞是太瑣碎太費神，他只是苦惱等一下該怎麼跟那個老頭開口，救救素昧平生的這名陌生人。

突然，樹林間多了一些煩擾的氣流。

不，不是多了，那些令人討厭的傢伙早已在樹林裡等候已久。

陳木生將烏霆殲放下，抖擻精神，打量著幾個棲息在四周樹梢的「咒獸」。

咒獸雖有個獸字，但身軀卻是薄脆的「油紙」所構成，與其說是野獸，不若說是摺紙藝術後的巨大幻生。油紙通過那個老頭所施的「咒」賦予的精魄，發出人間無法聽聞的低吼聲。

老規矩了。

陳木生朗聲大叫：「知道了，快來吧！」一舉掌，真氣充盈。

樹上咒獸從四面八方撲落，有的動作輕盈，有的勢若瘋虎，有的始終盤旋在上再三觀察，有的像大海中的鯊魚來回倏擊於空氣中。當然了，這些咒獸唯一的目標，就是手忙腳亂的陳木生。

「嘖嘖，這老頭越來越亂來了……」陳木生的鐵砂掌起落翻飛，每沾上一頭咒獸，咒獸就發出油紙撕裂的聲音。若是出手重些，咒獸就會立刻爆破，由大瞬小，回復作地上的破碎紙片。

咒獸的攻擊也有得手的時候，但沒有在陳木生的身上留下外科醫學參考書中的創口，而是清一色焦黑地塗開。創口奇異，痛楚卻是真實無比，催動陳木生的掌力越來越鉅。

咒獸越來越多，越來越凶猛，陳木生身上的焦黑傷口也越來越可觀。陳木生咬緊牙關，掌力層層堆疊，雄渾大展。陳木生心想，沒有記錯的話，這次與咒獸的對陣時間已經遠超過上次造訪「打鐵場」的時間了。

「馬的！難道要打到我沒力氣！」陳木生左掌狂呼下壓，一頭紙狼咒獸抵受不住，四腳撐地，整個碎化。

咒獸是紙做的怪物，沒有血肉橫飛的場面，更沒有「忍不忍心」的道德問題。陳木生打得興發，也就沒有理會對陣時間過長的問題，逮著了一個空檔，想試試全部功力運臻到頂峰的成果。

陳木生一個馬步跨穩，雙手平推，使出極爲平庸、完全不需要特殊名號的招式。

只見空氣掃過一道凌厲的熱風，一頭大蟒蛇模樣的咒獸在空中遭熱風直摜爆破，炙熱的掌力還淩空擊中十步之外的柳杉。柳杉一震，樹皮隱隱裂開，吱吱冒出焦煙。

一隻兩公尺半的紙巨猿趁機從背後緊緊抱住陳木生，張開大嘴，森然獠牙就往陳木生的頭頂咬落。

陳木生赫然暴吼，空氣一震，一股金剛之氣將紙巨猿裂碎。雙手橫然往左右一轟，一頭紙豹、一頭紙虎，就這麼灰飛煙滅。

這兩下石破天驚，咒獸突然四處逃開，溜了個乾淨大吉。

風一吹，階梯上的灰燼一刮而空，連同陳木生身上大大小小的焦黑都漸漸稀釋、消失。

對陣結束。

或者說，測驗結束。

第127話

陳木生哼哼兩聲，揹起烏霆殲繼續拾階而上，終於來到風雅的日式庭宇。

院子很大，盡收庭宇小軒視野。

老頭不知道是用咒還是什麼方法，這院子終年開滿白色的櫻花，素竹流水，詩意盎然，與其說是練武之人嚮往的聖殿，或許詩人更應該到此一遊。

如果這個美麗的地方有一百個名字，「打鐵場」也絕對不是第一百零一個。差之甚遠。起這名的用意，就跟此間主人的糟糕個性一樣，就怕沒有出人意表。

老頭坐在小軒上，有時雙腿盤坐蒲團，有時雙膝跪地。面前有一几，放了座盆栽。

老頭總愛裝模作樣觀賞盆栽上的小樹，拿著小剪刀，半天不曉得該怎麼修剪。

老頭的表情很複雜，有些安於現狀的滿足，卻又躍躍欲試地手癢。

「陳木生，你的功夫突飛猛進呢。」

老頭抬起頭，笑嘻嘻地看著將烏霆殲丟在一旁的陳木生。

「是啊，那又怎地？」陳木生說，深深吸了一口氣，登時精神百倍。

老頭討厭歸討厭，但這個地方還眞是個寶地，空氣裡淡淡的香雅滲透進毛細孔，按摩著周身百穴似的。

「想不想讓我幫你打造兵器，可以讓你比現在強兩倍，不，或許三倍喔！」老頭笑，露出參差不齊的黃牙。

每一個武者來到打鐵場，經過方才的石階，就會遭到咒獸攻擊。咒獸的攻擊無窮無盡，直到將武者的力量全數激發出來，或是測驗出武者的潛力，咒獸才會逃散。武者越強，或是潛力越深，咒獸攻擊的時間自然就越久。

剛剛紙紮咒獸與陳木生對戰的資料，早已傳到他的腦海裡。而這個老頭，正是全世界最老資格，也最有品質保證的三大械匠之一，J老頭。

「省省吧，哪一次我跟你說好的？」陳木生大剌剌坐下，一個紙人捧著清茶過來招待，陳木生毫不客氣地一口喝掉，一連喝了十幾杯。

「是啊，哪一次你跟我說好的？哈。天底下哪個武術家，不想要老頭我幫他敲敲打打，造出一柄獨一無二、專屬自己的神兵？眼巴巴在這院子跪上七天八天的強者也不是沒有，但你這混蛋傢伙，來了這裡這麼多次，就是沒開過口。混蛋，眞是個大混蛋。」

J老頭瞇起眼睛，看著几上的盆栽，終於小心翼翼剪了一葉。

另一個紙人捧著餐盤，上面堆著七個大飯糰輕飄飄走過來。大打一場後的陳木生當然抓過便咬，肉鬆與梅子的香味在舌尖擴散。

「眞正厲害的人才不需要兵器。」陳木生倒豎大拇指，吃得嘴角都是飯粒。

「不，不是那樣的。」J老頭笑咪咪地看著陳木生，那混濁的瞳仁彷彿看破了陳木生的靈魂，弄得陳木生很不自在。

「老頭又有什麼高見？」陳木生用力瞪了回去。

「如果老頭我不是血族中人，你早就七跪八求我打造兵器了。死牛脾氣，習武之人這麼小心眼，怎麼成大器？」J老頭搔搔衣袖，抓出一隻蝨子。

張手，蝨子跳出。

「哼，我不否認啦，但這只是原因之一！」陳木生吃著飯糰，指了指倒在一旁的烏霆殲，示意自己這次造訪的目的同樣不是爲了打造合身的兵器，而是爲了他人而來。

J老頭也不生氣，似乎習慣了陳木生的野蠻應對。他根本無須看烏霆殲一眼，就能感受到烏霆殲身上的奇異能量。

狂暴，極端不平衡，恐怖，猶如黑洞般自我陷溺。

這傢伙，居然扛了一頭獵命師來著?還是頭桀傲不馴的獵命師。

「他受了傷，發高燒，醒不過來。」陳木生連塞三個飯糰，口齒不清。

「何止醒不過來，他的靈魂正在痛苦掙扎，隨時都會迷失在黑暗中。」J老頭的左眼「煉魂瞳」一縮，頓時看見烏霆殲的軀殼裡，擠滿了好幾個地獄惡鬼似的靈魂。

那些「靈魂」都是凶厄的命格，其中一個命格能量特別強大，名叫「天堂地獄」。

這個叫「天堂地獄」的命格想進化想得要命，拚命拉扯其他游離的能量，想攜家帶眷逃離烏霆殲的掌控；但烏霆殲自身的靈魂更霸道，非但不讓「天堂地獄」破竅離開，還拚命纏著「天堂地獄」，想一口吞掉它。

奇特的是，烏霆殲的靈魂裡懸浮著異常大量的雜質。那些雜質原本不屬於他的靈魂，而是被暴力絞碾破碎的強行融合。雜質能量強大，卻混濁了烏霆殲的性靈。

這樣的情況，根本就是一團大混戰!

「這傢伙很強，我需要他。」陳木生堅定道，飯粒掉出。

「你朋友？」Ｊ老頭歪著脖子。

「正要開始。」陳木生一想到這傢伙想單槍匹馬殺進地下皇城，就跟著熱血沸騰起來。非要交個朋友不可！

「死對他來說，絕對是種解脫。但他現在想死，恐怕也沒這麼容易。」Ｊ老頭直言。他的「煉魂瞳」見過不少怪物，但這樣的異象還眞是罕見。

Ｊ老頭拍拍手，兩個紙僕走向烏霆殲，想要扶他起來，卻反被無形的能量給燒毀。

「你看，就是這麼回事。」Ｊ老頭聳聳肩。

「別擺譜了，我知道你有辦法。只有你可以把那個傢伙給治好，快快動手罷。」陳木生倒是爽快承認Ｊ老頭的本事，弄得Ｊ老頭得意不已。

Ｊ老頭站起，親自走出小軒，緩步到烏霆殲身旁端詳。Ｊ老頭伸指往烏霆殲的鼻唇之間的「人中穴」壓下，一股精純的祥和之氣注入，卻頓時消於無形。

「眞麻煩呢。」Ｊ老頭抓抓頭。此言倒是不虛。

「容易的話，我自己就搞定了，還來找你？」陳木生老實說。這世界上有一種人，說話越是老實，就越是誇人到心癢處。陳木生就是這樣的佼佼者。

「不，你會錯意了。要醫好這頭野獸並不難，但一個把自己搞成這副模樣的獵命師，篤定是惹了什麼天大的麻煩，或是準備惹出什麼天大的麻煩。」J老頭沉吟。

J老頭打開右眼「鍛氣瞳」，右手連點好幾指，試圖以先天眞氣封住烏霆殲周身大穴，卻徒勞無功。烏霆殲每個穴道都棲息著凶暴的獸，毫不相讓地爭吃J老頭的眞氣。

眞是値得挑戰的病人啊。

尤其，這頭野獸醒來後，肯定需要一件足堪承受他狂霸力量的兵器。是啊，好兵器……好武者遇著了好兵匠固然欣喜，但好兵匠看見上等的武者，只有更心癢難搔。

「那又怎地？你這裡的規矩大家都明白，又有哪個白目膽敢惹你？你愛救誰就救誰，愛給誰打兵器就給誰打兵器，誰管得著？」陳木生皺眉，心底有些急了。

話是如此。但此時不讓你苦苦哀求，又待何時？

J老頭故作猶豫，左想右想，假裝遲遲無法做出決定。

「規矩是規矩，但如果有人爲了逮他，跑到這裡把我的院子弄髒了，就會有些難以收拾。」J老頭嘆氣。

「我幫你打跑那些人就是了。」陳木生拍拍胸脯，這陣子他覺得自己強多了。

J老頭搖搖頭。

「你的武功縱使很有進步，但終究還是在人類的範疇裡，衝不出眞正登峰造極的圈圈。靠你？我的院子遲早給來襲者給拆了。」J老頭斜眼看著陳木生，嘴角卻不禁流露出奸詐的上揚。

陳木生登時醒悟，跳了起來大叫：「喂！老頭別趁機揩油！」

「揩油？我幫你打造威震天下的兵器，你稱爲揩油！你這臭小子竟敢稱爲揩油！」

J老頭也跳了起來，絲毫沒有世外高人的姿態。

「我規定自己每天要練五千次鐵砂掌，這是我變強的唯一方法！我才不要靠什麼鬼兵器！眞正厲害的人才不需要拿兵器咧！」陳木生大吼。

在有限的生命裡，把身體練得比鐵堅硬，練得比神兵利器還要可靠，才是陳木生心中的武者之道。想想，如果一不小心將神兵利器弄丟了，強者就不再是強者，從此打輸人便嚷著「今天的兵器不太稱手」這樣的藉口，不是很賤又很娘嗎？

「陳木生啊陳木生，你剛剛說眞正厲害的人不需要兵器。但，你又怎麼解釋身上的『千軍萬馬』？難道平白無故多了那種東西，不算是使用了兵器？」J老頭笑了出來。

陳木生一愣。

「千……千軍萬馬？你在胡說八道什麼啊？」陳木生感到不安。

「你該不會以為，你突然多出來的功力是苦練所致吧？『千軍萬馬』這樣的狂霸奇命，恐怕才是真正的原因。依照我對你的了解，這樣的命格真是再適合你不過，好傢伙！是你揹來的這傢伙送給你的麼？」J老頭笑得像賊。

J老頭對獵命師毫不陌生，因為他的客戶裡各路人馬都有。

J老頭只對自己打造的兵器能否創造出最強者有興趣，不論那位最強者是誰，是什麼樣的族類。也因為有求於他的客戶各路人馬皆有，所以J老頭從客戶身上學到的東西也不少。畢竟要完全了解客戶，才能鍛鍊出讓客戶超越自身所學的奇兵。

而J老頭奇異的雙眼，能夠讓他與進入打鐵場結界的各種生命能量對話。

事實上，在這個佔據神社後山一角的結界內，J老頭所能做的事實在太多了，這可是J老頭以一千年都不出結界的誓約作為代價，所換來的「限制重重後的無與倫比」，任誰都無法在這個結界裡為難J老頭，也不會有人無聊到這麼做。J老頭說什麼怕有人闖進弄髒院子，不過是心機重重的胡謅。

J老頭是這個世界無害的附生，甚至可說對大家都好。公認的事實。

「……千軍萬馬？狂霸奇命？」陳木生看著自己的掌紋，想起了那個叫宮澤的吸血鬼走狗的話。

難道他說的都是眞的？回想起這幾天自己莫名其妙，產生「雖千萬人吾往矣」的氣魄，果然很是奇怪。這下可糟糕！

「我不要！」陳木生赫然站起，雙手握拳。

「你不要？」J老頭莞爾。

「我不要！」陳木生大吼，著急得雙手狂甩，像是要強甩掉掌紋似的。

「這可由不得你啊。何況，『千軍萬馬』似乎很滿意住在你的體內呢，你們簡直是天生一對！」J老頭笑得很暢懷。

能夠看見潛力無窮、卻嘴硬非常的陳木生吃癟，窩居結界一地的J老頭簡直是太開心了。

陳木生怒不可遏，持續暴躁地大吼，最後跪在地上重重以掌拍地，想將莫名其妙的掌力給烙印在地上，然後從此跟自己沒有關係。

地面被陳木生驚人的掌力拍得悶悶震響，院子土屑紛飛，陳木生滿身大汗。一歇手，舉起雙掌，掌紋依舊是那奇怪的模樣。

「混蛋啊！大混蛋啊！我一定要殺了那小子！」陳木生仰天悲吼，小軒上的磚瓦都給震得喀喀喀移動。

「吼什麼吼？你的潛力雖好，但以你現在的實力，恐怕還跟不上人家『千軍萬馬』的素質。要嫌棄人家？也得看看你自己的模樣。」Ｊ老頭慢條斯理地說。

字字穿越陳木生雄渾的吼聲，鑽進陳木生的耳朵裡。

第128話

兵器，一直被認為是武者的延伸；製造兵器的鐵匠，也因此流為武術界的附庸。

如果沒有青龍偃月刀，不會有人認為關雲長就不是個英雄。

如果沒有玄鐵重劍，楊過還是楊過，不減風采。

如果沒有金箍棒，孫悟空手裡拿著的會是別的東西，重點還是在老孫的七十二變。

更多的情況則是，不會有人記得那些赫赫武者手中兵器的名字，有時武者自己根本也不在意。歷史上多的是猛將劍豪，如過江之鯽，留下名字的兵器卻是少之又少。

干將莫邪？有多少干將莫邪？

常常有人說，即便是尋常鐵劍，到了某個絕世大俠的手裡，也會變成可怕的凶器。或許是。但這種想法堆積久了，就會變成損害兵器師匠尊嚴的論調。

擁有一雙巧手，擁有「鍛氣煉魂」雙瞳與吸血鬼無限生命的J老頭，對這樣的論調相當不以為然。

「武者已逝，兵器長存。」J老頭的十大名言之一。

共計二十七把快刃的「妖刀村正」系列，便是J老頭的經典傑作。

許多人畏懼妖刀的名號，更甚於實際持刀的殺戮者。許多關於妖刀的恐怖傳說不脛而走，例如製造者以數百名嬰兒鮮血澆灌風爐，或是有武士鬼魂附在刀刃身上，或是妖刀只消砍中了敵人影子也能殺害對方。

這些亂七八糟的謠言傳進J老頭的耳朵裡，他感到非常滿意。

但妖刀村正系列隨著幕府政權逐漸沒落的時刻，傳言丕變，認為妖刀的魔力只不過是虛幻的穿鑿附會，這些流言傳進打鐵場的結界裡，讓勝負心極重的J老頭感到氣憤難平。

明明就是妖刀的後繼者不夠力，干妖刀屁事！J老頭快要氣炸了。

「兵器跟武者一樣，都是獨一無二的。最強的組合，就是最深刻的彼此需要。」所以這句話，便成了J老頭的十大名言之二。

於是J老頭為每個前來求兵器的武者，量身訂做最適合的兵器。刀，槍，劍，棍，戟，鞭，鉤，甲，盾，矛，爪，箭，鏢，刺，弩，斧，環，杖，扇……乃至前所未有的奇形怪狀武器，都在J老頭的巧手匠心下一一出爐。

至於武者需要什麼樣的兵器，武者本身並沒有選擇的空間。武者所要做的，不過是盡其所能對抗階梯上無窮無盡的咒獸，莫要藏私，讓J老頭了解你的招式、你的身形、你的特質，以及你未來十年的潛力。

這是J老頭自傲的規定，他有把握武者手中的兵器能將武者的戰鬥力拔昇到連武者也讚嘆不已的程度。武者無從置喙，尤其讓J老頭洋洋得意。

至於J老頭的夢想？

毫無意外的，便是「創作」出地面最強的「兵器人」。

一個公認的，因為兵器而達到無敵境界的強者。

那個人，必須潛力非凡，質素堅韌，才能成為兵器的鞘。

那個人，初始可不能太強，才能顯現出兵器的耀眼光芒。

那個人，或許就是這個人。

百鬼夜行

命格：修煉格＋集體格

存活：五百年以上

徵兆：極度自大，掌控慾望超強，周遭行人的影子會受到宿主的不安擾動。

特質：前身是請君入甕。非常可怕的命格，猶如八爪魚般複製此命格的能量，使得宿主某個範圍內的一百個生命體，都可能成為此命格的寄生，變成狂暴嗜鬥的鬼。直到宿主死亡或宿主解除命格能量才恢復為恍惚的常人。此命格能量極強，但受限於夜晚使用。

進化：修成正果！

第129話

「陳木生，如果要我救這個人，你就得留在這裡。」

J老頭看著陳木生，看著他眼中的「鞘」。

陳木生惡狠狠地看著J老頭，亂草般的眉頭一弓，身上的霸氣像是有了方向似的，全都朝J老頭濤濤捲去。但霸氣一近J老頭的身，就像劍進了鞘，給收拾得無影無蹤。眞了不起，這麼快就可以開始駕馭能量這麼強的情緒格奇命。J老頭心癢難搔。

「多年前有個情聖跟我說過，喜歡一個人，就要偶爾做些自己不喜歡的事。」J老頭微笑，慢條斯理捏著紙人。

紙人完成後赫然變大，變成素雅的仕女，但仕女一靠近躺在地上的烏霆殲，就被無形的凶焰給侵擾，然後竟燒了起來。

這個結果J老頭早就知道，所以紙人這個動作只是做給陳木生看看，表示救治烏霆殲的任務艱鉅。

陳木生氣得牙都快咬碎了。

「對於你這位朋友也是一樣的道理。所有的好事，都有一定的代價。」J老頭撒下最後的魚網，與餌。

J老頭繼續說道：「何況，你如果真想拔掉『千軍萬馬』，還得看看這位獵命師醒不醒得過來。所以，想要我專心救治這頭瀕臨完全瘋狂的野獸，就要幫我守住這結界。」

J老頭負手，慢慢走進小軒。

兩名紙人拉開畫著鶴鳥的屏風，後面是一面簡單的兵器牆，掛著尋常可見的刀槍劍棍。這些全是尋械者的實力超過兵器後，拿來退還J老頭的過氣兵刃。當然，這些退還者離去時，手中又多了新的貼身武器。

人有人格，劍有劍魂。現在這堵兵器牆，正散發出頹喪的敗者之氣。

「你要我怎麼做？反正我沒事可做，我就幫你守住這個該死的院子吧。」陳木生雙手叉腰，心中卻很毛。多日沒洗澡的身子，胳肢窩又開始發癢。

「這段期間你所要做的，就是一一拿著這些被人遺棄的兵器，跟階梯樹林裡的咒獸性命相搏。如此而已。事後你想要拿走哪一樣兵器，或是苦苦哀求我另外打一樣兵器給你，我都會勉爲其難地答應。」J老頭微笑，繼續道：「餓了就吃，吃了就睡，醒了就打，如果有不速之客進來你就殺死他。直到這頭野獸平安無事地睜開眼睛爲止。」

J老頭瞇眼看著傷痕累累的烏霆殲，心中已有了計較。如果這頭凶暴的獸意志力夠堅定的話……

「我不用兵器。」陳木生斷然。

「嗯。」J老頭拿起一把武士刀，輕描淡寫丟向陳木生。

「不是我不好相處，我的體質就是無法使用兵器。」陳木生接住武士刀，皺眉。

「揮個兩下試試。」J老頭笑笑，沒有命令的語氣。

於是陳木生咬著嘴唇，拙劣地劈砍了幾下，果然毫無架式可言。

「知己知彼，百戰百勝。」J老頭微笑，手指摳著額頭上的褐色老人斑，說：「不了解拿武器的人心中的想法，怎麼跟這樣的敵人對陣？」

J老頭又隨手丟了一條鐵棍給陳木生，陳木生將武士刀插在地上，接過沉重的鐵棍，無奈地耍了幾下。只聽得空氣中刮起鬱悶的聲響，彷彿一被掃到就會整個人給攔腰劈垮似的。

但識得粗淺棍法的人，一眼就能看出陳木生這棍使得虎虎生風的背後，根本就是漏洞百出。陳木生的笨樣逗得J老頭忍俊不已。

「不知道敵人的想法，還可以贏過敵人手中的兵器，這才是強者之道。」陳木生脫口而出，氣憤地將鐵棍咚地插在腳邊，雙眉豎起。

「眞是不謙虛啊。」

J老頭肅然說道：「要踏上強者的修煉之路，第一步，就是要卸下自己驕傲的外衣，因爲你根本沒有驕傲的理由。謙虛才能將自己掏空，掏空才能容納眞正堅韌的素質。」拿起一只熟銅盾，像射飛盤般咻地擲向陳木生。

陳木生左手運氣一托，接住極沉的熟銅盾，啞口無言。

「陳木生，裝笨是不會變強的。」J老頭嘆了一口氣：「裝笨只會越來越笨。」

「幹。」陳木生瞪著J老頭，完全不知道怎麼使將手中銅盾，只好摔在地上。

銅盾打了兩個轉，終於停住。

「你太弱了。而且弱太久了。」J老頭搖搖頭，眨眨眼睛。

牆上的黑色鈦劍倏然逸出，行雲流水飛到陳木生的鼻前。

陳木生雙手合掌夾住劍尖，一個反轉便拿在手上。模仿電影裡武打明星的動作，陳木生隨意虛刺兩下，覺得彆手至極。

J老頭不再說話，只是不停丟擲牆上的兵器給陳木生。表面是沉默不語，是宗師風範的行徑，但其實J老頭是怕多放了鹽巴，恐怕會搞砸了這鍋好湯。

只見陳木生的身邊，又陸陸續續插滿了一柄斧、一根狼牙棒、一條鞭、一套明顯過大的護甲。陳木生簡直快被自己給氣死了，卻無法發自內心反駁J老頭的話。

上一秒還模模糊糊，卻在下一秒瞬間清晰的一個畫面，又出現在陳木生的腦海裡。

一條巨大的，無法形容的可怕裂縫。

「老頭子，你知道阿不思吧？」陳木生艱難地說。

阿不思這三字，恐怕是陳木生語彙極少的字典裡，最拗口的語詞吧。

「你說的那人，也曾在我這裡拿走了一把好武器呢。」J老頭莞爾，坐在小几後，眼前吊煮著一壺清酒。

那段往事沒什麼稀奇之處，但後續的發展卻值得微醺品嚐。

「什麼樣的兵器？」陳木生問。

「斧。」J老頭簡潔回答。

陳木生瞪著地上的斧，首先拔將出來，頭也不回地走下階梯。

九把刀的秘警速成班（四）

關於吸血鬼的生命週期，是無法一言蔽之的祕密。

先天純種吸血鬼，肉體成長的速度與正常人類無異，但會在青年期後開始停滯，保持強大的活躍性。後天生成的吸血鬼，光陰的足跡將會停留在遭感染時的年齡，但日子一久，細胞也會逐漸老化，老化的速度因體質各自不同，端視自己的鍛鍊，但終究還是會緩緩步入死亡。有人說，如果領悟「吸血鬼的祕密」，將可以長生不死，更甚者能返老還童，青春永駐。但「領悟吸血鬼的祕密」，跟戰鬥能力並無太大關係。

附帶一提，如果不計入外在因素死亡，東方吸血鬼的平均死亡年齡約在兩百二十五歲，比起西方吸血鬼還要多出七年。養生也是很重要的呦！

第130話

天氣有些陰鬱，電氣隱隱在雲氣中嘶嘶，醞釀著什麼。

即使如此，烏拉拉還是擁有看漫畫的好心情。只是現在才下午五點多，距離神谷的夜班還久得很，所以即使有好心情還是不夠，還得加上粉紅色的戀愛動機才構成完整看漫畫的條件。

揹著閃亮的藍色吉他，一邊走一邊吃著歷久不衰好吃的可麗餅，烏拉拉的目光被路邊一台老舊的卜命機給吸引。

「喔？」烏拉拉駐足，有些訝異。

只要投一百元硬幣下去，機器便會開始運轉，小巧的香爐後一間廟宇緩緩打開門，有個塑膠人偶還是什麼的就會順著齒輪滑動，捧著寫好了的紙籤出來。紙籤上寫著的，自然是一天運勢了。這就是卜命機。

烏拉拉在香港大嶼山的寺廟前，曾經看過類似的機器。

有時機器捧籤的是老和尚，有時是算命仙，有時是鶴鳥用長喙叼著。當時烏拉拉跟烏霆殲偶爾會因爲窮極無聊，投下硬幣看看紙籤，然後大大嘲諷紙籤上的內容一番。

但身爲獵命師的烏拉拉，其實還蠻期待在打開紙籤的瞬間，能夠看見幾句好話，跟所有人去算命時抱存的心態沒有兩樣。

而這台吸引烏拉拉停下腳步的卜命機，造型是香港武打漫畫風格，奇特又KUSO。

「紳士，我們玩支籤，來個上上大吉吧！」烏拉拉投下硬幣，一陣熱血配樂聲中，大俠模樣的揹劍塑膠人偶捧著紙籤出來。

紳士在烏拉拉的腳邊，嗅著人行道上一簇簇的瑪格麗特花。一隻小甲蟲停在紳士的鼻尖，紳士瞇起眼睛，爪子停在半空，突然不想抓掉。甲蟲就這麼停著。

烏拉拉打開紙籤，上面寫著：「敵友不可明，十步曰一殺。」

哇，這是什麼跟什麼？有籤詩是這樣寫的麼？烏拉拉笑了出來。

「怪不可言的籤詩。」烏拉拉聳聳肩，卻沒有揉碎丟掉，而是放在口袋裡。

可麗餅吃完，烏拉拉漫無目的地在澀谷街頭晃蕩，想找個地方好好唱首歌。

最近烏拉拉正在寫屬於自己的熱血主題曲，已經將前奏的部分完成，但最關鍵的副歌高潮則暫時空白。說是寫，其實不懂五線譜的烏拉拉只是將隨口而出的哼哼唱唱，經由反覆的唱誦強記在腦海裡。

「要不要暫時離開東京，到其他的城市旅行？或許哥現在根本不在東京？唉，實在應該活逮一個獵命師好好問他一番。」烏拉拉胡思亂想著。

紳士一邊走路，一邊瞇著眼看著鼻尖上的甲蟲，突然喵了一聲，往旁一瞧。

烏拉拉點點頭，順著紳士的視線看向一旁的小巷，走了進去。

巷子裡，正上演著老套的「壞蛋學生欺負軟弱學生」戲碼。

四個高中生，三男一女，正惡狠狠圍著兩個國中生模樣的男生。受欺負的兩個男生眉宇間頗有神似，似乎是弟弟樣的男生坐在地上抱著書包害怕發抖，另一個哥哥樣的男生卻兀自不服氣，鼻青臉腫地站著。

三名惡男不時出言恐嚇，輪流用手不屑地推著哥哥。一〇九辣妹般濃妝豔抹的女孩抽著菸，皺眉嚷著「交出錢來！」等毫無創意的罵語，還偶爾拿出手機竊竊私語。

「混蛋！我才不會把錢交給你們的！」哥哥怒不可遏，乾涸的鼻血還掛在臉上。

這一吼，又惹來了三惡男一陣拳打腳踢。弟弟驚恐地想要趁機逃跑，卻被一腳重重踹下。

辣妹彎著腰，一手遮著話筒，躲到旁邊用截然不同的甜蜜聲音洽商援交的時間地點，是整個畫面中最荒謬的部分。

烏拉拉若無其事地走近眾人，還吹著口哨。紳士好奇地觀察主人的表情，不知道烏拉拉會怎麼「處理」眼前的事件。

惡男惡女看見烏拉拉靠近，並不畏懼，反而露出「閃遠點」的警告表情。其中一個甚至用拙劣的手法撩起寬大的外套，露出腰際的短摺刀。

但烏拉拉當然沒有避開，也沒有停下腳步，在惡男們都沒有意識的情況下，踏著奇妙的步伐穿過眾人，來到兩兄弟旁。

烏拉拉的速度並不頂快，但方纔的身形就像幽靈，恍惚模糊「滲透」似的。

惡男正想破口大罵，卻發覺身子完全動彈不得，連聲音也無法正常發出，只有眼珠子還可以骨溜骨溜地轉。惡女也是一樣，只能聽著手機另頭的中年大叔不停問聲，卻無法回應。

惡男與惡女大感駭異時，只見烏拉拉解下背上的藍色吉他，好整以暇地調整弦線，咳咳清嗓。

地上恐懼顫抖的弟弟呆呆地看著烏拉拉，鼻青臉腫的哥哥更是不知所措。哥哥當然不會知道這群慣常勒索他們兄弟的校園流氓，已經被烏拉拉點了穴，暫時封住了他們的氣血。

「各位觀眾，爲你們來上一曲『人生，就是不停的戰鬥！』」烏拉拉微笑，手指開始拉扯吉他弦跳舞，慢慢唱著。

很多人說，人生是一齣戲，我們活在舞台。
注視，焦慮，掌聲與喝采。
小丸子的爺爺說，人生就是不斷地在後悔。
但我爲什麼要一直向後看？
我說人生像一場棒球賽，第九局的戰鬥氣概。
每一棒都是兩好三壞，所有跑者都不想遺憾。
命運的眼睛你不要看，只要盡情爲自己呼喊。

將球狠狠敲破雲端，即使揮棒落空，姿勢也會非常豪邁。
人生就是不停的戰鬥。戰鬥！戰鬥！
順流時我們舉臂痛快，逆流時要試著笑出來。
人生就是不停的戰鬥。戰鬥！戰鬥！
握緊的拳誰也扳不了，除非你自己捨得放開。

儘管起奏是帶著點淡淡世故蒼涼的旋律，類似黃舒駿經典的「一九九五年」，但烏拉拉越唱越激動，唱到「人生就是不停的戰鬥」時，小巷子裡震動起搖滾的瘋狂。前後的曲調涇渭分明。

烏拉拉停下吉他，好奇地打量受欺負的兩兄弟。

「還可以吧？」烏拉拉笑得有些靦腆。

「前面……前面跟後面差很多……」哥哥呆呆地說。

「有魔力嗎？」烏拉拉趕緊追問。

魔力？哥哥與弟弟面面相覷，完全不知道烏拉拉在說什麼。

「聽了後，會想好好戰鬥嗎？例如，會不會突然很想握緊拳頭，狠狠地海扁這些流氓一頓？」烏拉拉看著弟弟的眼睛。紳士一躍，被烏拉拉捧將住。

弟弟突然羞慚地想低下頭，卻被烏拉拉灼熱的眼神深深吸引，無法迴避。然後終於情緒爆發，慘道：「可是我又沒有那種力量！」

「錯了。是先有膽氣，然後才有源源不絕的力量。就像你的哥哥，他可不是毫無來由地站在你面前，擋下這些混蛋的拳頭。」烏拉拉微笑，鼻子卻是一酸。

弟弟愣住，哥哥默默無語。

「你是哥哥的膽氣，也是哥哥力量的來源。」烏拉拉蹲下，拍拍弟弟的肩膀。

那麼一瞬間，奇命「信牢」已從指縫中滲進瘦弱的弟弟體內。然後迅速膨脹擴染。

弟弟睜大眼睛。這個世界明明沒有變動，卻好像換了個明亮塗彩。

「兄弟兩個人一起作戰，厲害的程度可不是用加法，而是乘法。如果這世界眞有所謂的天下無敵，我想肯定就是這個意思了。」烏拉拉揹起吉他，紳士緊抓著烏拉拉的肩膀，喵的一聲。

烏拉拉轉身離去時，手指翻飛，惡男惡女瞬間恢復動作，面面相覷。

接下來能不能得到力量，就全看你自己有沒有決心了。烏拉拉心想，已走遠。

□

巷子裡的景象悄悄有了改變。

「喂……你搞什麼啊？」一個惡男看著弟弟。

弟弟從地上爬了起來，握緊拳頭，站在鼻青臉腫的哥哥身邊。

三個惡男竟不由自主後退了一步。

「從現在開始，我不會再逃走了。」弟弟看著身邊的哥哥。

「人生，就是不斷的戰鬥！」哥哥笑，身上的傷口好像都不痛了。

萬衆矚目

命格：集體格

存活：三百年

徵兆：存在感極強的命格，使得宿主總是在人群中成為注目的焦點，鎂光燈似乎成為你一舉一動的裝飾，成為國際級的大明星在所難免，走火入魔者才會產生被監視的幻想，認為外星人會綁架太出名的自己，做出黑皮膚漂白、亂搞鼻子等駭人聽聞的掩飾。

特質：在作戰中容易成為眾矢之的，周遭的敵人或友軍都無法忽視此人的存在，此命格也會引起其餘命格的注意，無法忽視的結果將使其他命格無法發揮百分之百的能力。

進化：上帝的放大鏡

第131話

儘管還有上百條密道沒有鋪設，或是年久失修被遺忘，或是被認為沒有開發的必要。但點亮世界的愛迪生科技，早已深入了東京地底。

地下皇城已經沒有千年來中人欲嘔的腐敗氣味，ＬＥＤ光所到之處都伴隨著混凝土的妥善鋪設。每條隧道都有自己的編號，重要的隧道挑高幾尺，一般的隧道低矮許多，但全都通風良好，因為無數台巨大的空調系統分布在各處，二十四小時不停運轉。

部分隧道還鋪有鐵軌，藉著特殊的活動管道連通東京傲視全球的地鐵，方便活體食物的運送與地下軍隊的調動。雖然後者已經很久都沒有過。

全都是地面上那些食物的稅金捐獻，讓血族的穴居生活變得很有品味。

只要稍有地位的吸血鬼，都可以在地底擁有自己的「穴」。穴裡的裝潢擺設當然隨自己高興，像阿不思這種地位的人，在地下皇城擁有十幾個不同佈置風格的穴，也是稀鬆平常的事。

□

「阿不思呢?」無道問。

「不知道,今天一整天都沒看到她。」屬下躬身。

「遴選就要開始了,那女人怎麼老是不負責任?」無道皺眉。

□

儘管地下高度開發,自成一格形成血族的隧道城市,但阿不思還是喜歡住在地面。視野好的地點總是比較吸引人嘛,只要注意一下白天時的光線問題就好了。科技發達的好處不少,完美阻隔陽光的特製玻璃落地窗就是其中一項。當然了,這也是吸血鬼的著名專利。

落地窗前,夕陽餘暉。

阿不思爲自己與眼前的老長輩，斟上淡淡的熱玫瑰花茶。

距離殺胎人事件已經一個多月了。

這段期間東京風風雨雨不斷，類銀毒化事件更是震撼了整個血族，數百條中毒而死的血族屍體集中焚毀。最強的禁衛軍戰力「東京十一豺」折損兩名，然而「獵命師」的威脅仍未解除。敵人背後是否存在更大的陰謀，更是混沌不明。

如果危機持續下去，會對東京防禦體系產生什麼樣更劇烈的衝擊？這些終究只是小事。終究只是小事。只要慢慢將害蟲挑出來用手指輕輕壓碎就行了。

但體系可是長久大事。

掌管東方血族國際政治事務的牙丸千軍，此行來找阿不思，可沒有讓其他人知道。

「聽說那個傢伙從樂眠七棺出來後，立刻就被烏茲衝鋒槍掃成重傷。」牙丸千軍雙手捧茶，嘴唇咧開一線，輕輕吹著花茶上的熱氣。

「可不是？睡了一百多年，他沒看過的新東西可多著，差一點就死翹翹了。你眞該看看那傢伙被子彈打中的表情，嘴巴張得老大，脖子傻到歪掉，根本就是個呆子。」阿不思吃吃笑了起來，接著臉突然一紅，看著窗外的紅雲。

眞不愧是我的初戀情人呢。阿不思回憶。

「武藏出棺後，沒有十幾年是不會回去的，這期間他的所作所爲，也不見得跟無道想要他做的一樣。看來無道想要讓這個城市平靜下來，付出的代價還眞不小。」牙丸千軍微笑。

「可不是。」阿不思淡淡地笑：「但男人要有自己的想法一點，才討人喜歡呢。」

牙丸千軍放下茶杯，拾起桌上的紙扇，看著他這幾十年一手提拔上來的阿不思。

無須多做考慮，就能夠包容許多歧異存在的阿不思，還是以前那個樣子。阿不思不介意動手殺人，殺人也不需要囉哩巴唆的理由，但阿不思悠閒自在的個性，讓她對人類這個名詞有著不同於其他純種血族的觀感，跟彈性。

「這些年，已經很少血族知道獵命師的存在。皇城封鎖這個血族敵人的消息已經很久很久，即使有族人不幸跟獵命師遭逢，也只會誤認對方是獵人。」牙丸千軍揮扇，繼續說道：「剛剛我跟妳說了這麼多獵命師的故事，遲早皇城也會解密，畢竟這場戰爭會持續好一陣子，我們血族不能在不清楚敵人面貌的情況下與之對陣。」

阿不思點點頭，很同意。

此刻的她對宮澤的佩服又更深了。宮澤只是從刻意刪減的東方血族歷史文本中歸納，就得知獵命師的存在，甚至摸清楚獵命師的習性種種，眞不愧是談戀愛的好對象。

「原來曾經殺進地下皇城，癱瘓我們血族政治系統好幾年的不知名敵人，就是這群獵命師。」阿不思思忖了幾秒，又道：「既然有第一次，有第二次也不讓人意外。不過這中間經過七百多年，爲什麼獵命師一族沒有在血族最虛弱的內戰時期，嘗試繼續攻擊？」

阿不思躬身，再度爲尊貴的老師斟滿了茶水。

「詛咒。」牙丸千軍緩緩撫扇，又開始說起故事之後的故事。

第132話

地下皇城的圓形競技場，已經擠滿了好奇的觀眾，座無虛席。

觀眾席上有外圍黑幫組織，不管是人類的山口組，或是吸血鬼的折翼幫，甚至是油腦肥腸的人類政客都到了，許多人的手裡都拿著一本大會手冊，上面有各個參賽者的照片資料與編號，方便觀者標定記號。如果中意的話，談妥聘雇條件就能成立一筆好交易。

還有遠從其他縣市搭乘接駁地鐵前來的零星血族，爲自己的親朋好友加油打氣；更多的是沒有當差的禁衛軍軍團，下場的同袍可佔了多數。貴賓席則留給了貴族白氏，但前來觀戰的只有寥寥數人，顯然不將這次牙丸氏的武鬥盛事放在眼底。

「這個無道還眞能撐啊，放著讓他惡搞下去，服部半藏出棺也是早晚的問題。」白響推推墨鏡，一頭刺蝟般的頭髮。

「據說牙丸傷心去見天皇了。」白刑從容道：「好像是希望天皇解密。」

「有這種事?解什麼密?」白響嗤之以鼻，蹺起二郎腿。

「既然是祕密，我怎麼會知道。」白刑笑笑。

每隔三十年，地下皇城就會舉辦一次競技，召募最新的十一豺編組，身分不限，連原本的十一豺都必須下場參加，證明自己仍擁有「任意獵殺」的資格。

如果表現精彩，卻沒能入選十一豺，也有機會被黑道幫派高價聘雇，或在禁衛軍系統中擔任其他的要職——如果沒被殺死的話。

是故每次十一豺遴選，都會吸引許多實力堅強、躍躍欲試的血族勇士下場，爭取這難得的榮譽。每次遴選，都會有舊十一豺被刷下來，不讓人意外。

但今次的競技，距離上次的十一豺遴選，只有十三年又七個月的時間。沒有別的原因，當然是因爲與入侵者的對戰中，硬是折損了狩、阿古拉兩個怪物，所以這次遴選開的缺只有兩個。

入侵者的身分在觀眾之間議論紛紛，各種稀奇古怪的講法都有，這也是許多外地觀眾前來與會的原因：好奇。

競技尚未開始，重金屬搖滾樂倒是不停播放。

「狩，你眞是腫得讓人認不出來。」大鳳爪難以置信地看著狩，利爪捏著狩凸起的大肚腩。

狩吃著爆米花，哼哼沒有回應。如果可以好好吃東西，失去那種噁心反胃的能力又怎樣？狩滿足地打了個嗝，抓起重量杯可樂就灌。

舊十一豺，除了報廢了的阿古拉與高傲的牙丸傷心外，全都坐在一塊觀戰，在打屁中等待他們的新夥伴出爐。

「說起來你眞是太弱了，你一打一還會輸掉，我可是一打四都不落下風呢，啦啦啦啦啦啦。」優香嘲笑狩，拿著一包新鮮血漿啜飲。

「是啦，妳好強，而且胸部超大，這樣可以了吧！」狩毫不在乎。

「哎喲，冬子的奶子也很大喔！」冬子嘻嘻笑，故意搖晃緊身衣下的雙乳，優香憎惡地別過頭去不看。氣死了優香。

「比起這個勞什子的遴選大會，我倒是更好奇武藏前輩現在在做什麼。據說武藏前輩的雙刀流比起牙丸傷心前輩的拔刀術，還要厲害一些耶。」TS-1409-beta喝著血漿包，乾瞪著底下的競技場。

「……」歌德。

「還有，武藏前輩到底有多強？好想試一試……雖然一定會輸掉。」賀用飛刀剔著指甲，若有所思。

「喂。」大山倍里達用手肘蹭了蹭賀。

賀順著大山倍里達的目光，看見對面一個正在抽雪茄的人類黑幫堂主。

「額頭，賭一百萬。」大山倍里達手指敲敲額頭。

賀冷笑。從這裡到對面，大約是四百公尺吧？

「賭了。」賀一說完，大山倍里達伸出兩隻手，攤開手掌。

其他豺紛紛用手指，按照舊例在大山倍里達的左右兩掌上擊點。左邊是賭賀，右邊是賭大山。

下注完畢，大山倍里達放下雙手。賀彎下腰，深呼吸，培養情緒。

賀突然抬頭，手臂倏然一伸，一道冷光掠出。

奇異的嗡嗡聲橫過整個競技場，然後瞬間沉默。

那名被當作賭注標靶的人類黑幫堂主，突然發出一陣殺豬似的慘叫，賀擲射出的飛刀已插在堂主的大腿上，鮮血淋漓。身邊幫眾一陣大駭，嚇得往旁倒散。

「混蛋！他剛剛動了一下！」賀大怒，手中又是一陣疾影快錯。

六柄飛刀颯颯射出，將慘叫中的堂主插了個亂七八糟。

下顎、喉嚨、胸口、左臂、膻中，全都沒入了冷冽刀光。然後一動也不動了。

「管他動不動，總之欠錢還債。」大山倍里達哈哈一笑，拍拍賀的肩膀，卻被賀憤怒拍掉。而其他豺則開始在後面計算贏輸多少，無人安慰賀。

銅鑼一響。

一百多個參賽者從十個入口大步進場，漸漸形成一個彼此對看的圓形。

「大家好！」主持人拿著麥克風，微笑向所有人揮手問好。

主持人是著名的綜藝節目主持人，出過兩張唱片，收視率跟人緣俱佳。可見即使是遭到入侵者破襲而臨時舉辦的十一豺遴選大會，還是保有血族一貫的冷靜，該盛大的還是盛大舉行。

「這次要舉辦的格鬥大賽，整個東京為之震撼，可說是精銳盡出，一百二十名參賽者全都摩拳擦掌，恨不得現在就將對手狠狠擊倒！所以我們廢話不多說，就讓我們歡迎禁衛軍的大家長，牙丸無道!來講幾句話!」主持人越說越激動。

競技場萬人響起熱烈掌聲，氣氛十分高昂。

「希望選出漂亮的女生，溫柔一點。」橫綱舉起雙手，熱切地祈禱。

「推女生。」大鳳爪跟著舉起雙手。

牙丸無道緩步出場，全場肅敬無聲。

一雙冰冷的眼睛，屏息凝神地環顧四周的競爭者。

第133話

「原來還有詛咒這種事。眞是太老套了。」阿不思搗著嘴笑。

牙丸千軍點點頭，嘆氣：「幸好有這個詛咒存在，獵命師一族的數量才會遽減，我族才得以苟延殘喘，慢慢強大。」撫扇。

「老師請放心，雖然亂難免亂，但地下皇城不是這群所謂獵命師的人可以攻破的，相信您也非常清楚。」阿不思笑。

對於牙丸千軍這位軍法導師，阿不思非常敬重。

牙丸千軍在牙丸氏的地位，遠遠超過武鬥派的刻板印象，年輕時擁有「鬼殺神」的稱號，贏得滿地的死屍，衰老時卻是公認的和平儒老，贏得皇城上下一致的信賴。牙丸千軍周遊列國，廣交人類政客朋友，尤其在各國軍方都有一定的影響力。

這一切，都是因爲牙丸千軍從二次世界大戰中得到的慘痛理念：和平。

「阿不思，妳雖然是我的學生，但，在某些情況下，妳也不介意殺掉我吧？」牙丸千軍和藹地注視阿不思的眼睛，後腦勺上的純白長髮閃閃發亮。

阿不思笑而不答，默認了這個驚悚的問句。

「可以告訴我理由嗎？」牙丸千軍笑，露出有些焦黃的牙齒。

「和平。」阿不思恭敬回答。

「很好。」牙丸千軍拍打紙扇，非常滿意。

「可惜我殺不死老師呢，幸好也沒那個必要。」阿不思直率地笑了出來。

牙丸千軍微笑緩緩站起，老態龍鍾地馱著背，看著落地窗外的高樓大廈。

能過活在大太陽底下的人類，這幾千年也一同活過來了，還將這個世界打造得有聲有色。好吃，好玩，又好用，如果能夠保持和平，何樂而不爲？有些鷹派的年輕小夥子就是不懂。不懂和平的可貴。

難以否認的是，戰爭的確是最容易、也能最快取得權力的遊戲。

最適合誰呢？這個權力的遊戲，生命短暫的人類玩得淋漓盡致，但卻最適合吸血鬼的社會。

吸血鬼活得太久，許多老傢伙仗著命長，賴在權力的位子不下來，久了，也下不來。誰都害怕失去權力的滋味，失去了權力，肯定枯槁得更快更快。

「比起人類社會，咱血族的組織少了太多新舊交替的權力更替，體系就像石頭一樣僵化，一大堆年輕力壯的後輩出不了頭，所以老是想開啓戰爭，靠著軍功竄上來，把我們這些老傢伙擠下去。」牙丸千軍慢吞吞說道，紙扇平舉，雙腳滑步移動。

扇之舞。

無動生靜，靜中自動。

牙丸千軍的姿態就像一隻單臂螳螂，悄立在細長的葉子上，捕捉著綠色的風。身影凝卓，不疾不徐，自成一個破綻隨扇流動的「場」，卻在扇形結構的破綻中，隱藏著隨時啓動的「殺」。

「眞辛苦。」阿不思。

「是啊，眞辛苦。」牙丸千軍自在地於扇之舞中說話，呼吸不礙，動作無滯。

久久，在時間都沒發現的不耐中，牙丸千軍又開口了。

「在妳的眼中，無道是個怎樣的人？」

「比起用戰爭交換權力，他更害怕輸掉手上既有的東西。無害的官僚，但夠悶了。

悶得讓人想閃得遠遠的。」

「類銀的事件，並不簡單啊。」

「不追究下去的話，就只會是這麼簡單。」

的確。

「如果無道涉及其中的話，妳會取下他的性命嗎？」牙丸千軍扇立額前，一掌攬後，前倨，後躬。微弱的氣流隱隱盤旋四周。

阿不思笑而不答。

「有了妳的保證，我就放心了。」牙丸千軍突然坐在沙發上。

「我可沒有保證什麼。」阿不思笑笑。

剛剛那個舞扇的遲緩老人，竟在一瞬間消失在落地窗前，然後出現在沙發上。所有的動作根本不存在於這個世界上的時間流動裡似的。

可怕的老頭子。

「對了，關於新十一豺的遴選，已經開始進行了吧？」牙丸千軍搔搔頭。

「是啊。」阿不思打開電視，轉到最新的新歌介紹節目。

「這次怎麼個選法？」牙丸千軍隨口問。

「第一階段，當然還是規規矩矩的老算盤。所有人大混戰打剩十個，然後再說。」

「喔？這麼沒有新意。」

「我說啊，無道就是這麼守舊的人。」阿不思打了個呵欠。

「守舊是好事，維持現狀挺不錯的。」牙丸千軍淡淡地說：「典型的，只關心自己權力的類型。希望他繼續這樣下去。」

第134話

觸目驚心。

地下競技場，滿地的殘肢斷臂，還有幾顆倒楣的頭顱滾來滾去。

經過十五分鐘的混亂惡鬥，還能夠站在場上的，只剩下十四個氣喘吁吁的吸血鬼。

失敗者與滿地殘肢皆被醫護人員訓練有素地搬送出場，直接送到醫療所接續斷肢。

至於根本成爲屍體的塊狀物，就暫時先黏在地板上不加處理了。

在十四名準勝出者的行列裡，其中最引人注目的，是一個高眺、金髮、白色皮膚的醜陋女子。

醜陋女子手持雙刃刀，以融合西洋劍擊與日式刀術的奇異技巧，連續砍殺了十六個敵手，暫居所有競技者中的第一名。

「好醜，我無法承認她是女的。」橫綱直言，皺眉。

「好像不是東方人，跟歌德一樣。醜，醜，醜，醜，醜。」優香噘嘴，這下又要拉低十一豺的美女素質了。

醜陋女子的臉部因爲可怕的刀傷，肌肉外翻、扭曲，錯綜複雜地擠在一塊，鼻子歪斜，上下嘴唇被刀疤斬裂一線。唯獨一雙眼睛是正常的湛藍。

「放心，那醜女快撐不下去了。」大鳳爪杵著下巴。

「……」歌德。

醜陋女子穿著牙丸武士的禁衛軍服，軍階式樣是小隊長，名叫莉卡。

莉卡是個從車臣流浪來的後天感染吸血鬼，這幾年先是在德國黑幫待過一陣，然後尋著販賣毒品的機會進入日本血族「鳥取幫」，最後終於以外國人的身分取得「牙丸」姓氏，進入地下皇城禁衛軍的編制。

十四個僅存者彼此打量，尋找氣息最弱的目標。再砍倒四個，就能進入下一輪的複賽。眾暴寡的局面，最容易在此刻發生。

莉卡的脅下受傷，左臂也被削出一道口子，鮮血沿著破碎的衣服下滴，手中的雙刀虛弱顫抖，刀尖微微下晃，顯然無法集中精神。

莉卡的姿態吸引了兩個吸血鬼高手的注意。

「儘管上吧，都已經來到這裡了。」莉卡咬牙。

突然，莉卡一個頓挫的呼吸，兩個見獵心喜的吸血鬼從左右衝上。

的確，莉卡所受的傷不輕，但故意示弱正是她的策略。吸引敵人主動進入她的攻擊範圍，縮短她的揮刀距離，讓她的刀更增危險。

吁。

莉卡吐氣，懸臂一盪，雙刃刀毒蛇般竄出。

「眞快！」優香讚道。

一名吸血鬼上半身與下半身錯然分開，另一名吸血鬼稍一猶疑，立刻斜身滑出莉卡的迴身一刀。但這一猶疑，卻吸引到其他參賽者的出手，一根狂猛的鋼杖擊碎了他的脊骨。

但螳螂捕蟬，麻雀在後，揮出鋼杖的吸血鬼壯漢在出招的同時，背心也露出一塊大空門，引來了一名藍衣忍者的苦無攻擊！

「沒這麼容易。」鋼杖壯漢冷笑，運氣集中在背脊，十幾枚苦無全都釘在他的背上，卻無一攢進身體。

鋼杖壯漢大吼一聲，鋼杖甩身迴擊藍衣忍者時，銅鑼卻再度響起。鋼杖硬生生停在半空，藍衣忍者笑笑叉腰，吐出一口長長的濁氣。

原來在剛剛那一瞬間，莉卡的雙刃刀又削斷了一個參賽者的大腿，而一個生化改造人參賽者，也咬碎了第四個應該倒下的參賽者的兩隻肩膀。

終於剩下十個進入複賽的名額。

莉卡單膝跪下，吐出一團污血。鋼杖壯漢冷冷坐在地上，笨拙地伸手拔去背上的苦無。所有參賽者身上都嚴重掛彩，銅鑼響起後，沒有人再有力氣用雙腳站立。

競技場響起一陣如雷掌聲。眞是暴力得太精彩！

「那個拿鋼杖的我見過幾次，是從北海道來的野漢子，力氣說不定比横綱大。」大山倍里達故意說道，但横綱卻只是從鼻孔裡噴氣，哼哼回應。

「她揮刀的姿勢很奇特，但說不上是哪裡怪，眞讓人好奇。」TS-1409-beta看著莉卡，歪著頭。

「是用力的方式。」賀的觀察力很細緻，比手畫腳解釋說：「是將重心放在末端，然後瞬間甩出的感覺。不是拔刀術，甚至不能說是刀法。尾勁很強，用棒球的比喻來說，就是末段加速的伸卡球。」

「速度很快。」冬子吐吐舌頭，心中比較著自己的撲擊速度與莉卡的揮刀速度。

「但不像是刻意矯正過的方式，大概是她以前用過其他的武器，後來才改用長刀吧。」大鳳爪輕鬆地說：「反正蠻有用的就行了不是？越稀奇古怪就越收奇效。」

「在我看來，那個生化改造人故意保留實力喔，太心機了我不喜歡，啦啦啦啦啦啦。」優香的結論，手中的血漿包已經乾癟。

「喂，前隊友，給我吃一口爆米花。」橫綱伸手。

「不要。」狩斷然拒絕，揮手砸開橫綱的大手。

主持人與牙丸無道再度出場，掌聲又歇。

原本坐在地上休憩的十名參賽者，紛紛打起精神，立正站好。

「經過了如往常般激烈的淘汰賽，十一豺的臨時遴選大賽，終於進入了眾所期待的準決賽，到底今次的準決賽會採取何種方式呢？武藝高超的選手們，能否克服身上的苦痛，再度超越自己！又有哪兩位選手最後會出線，取得『任意獵殺』的無上榮耀！讓我們歡迎禁衛軍的大家長，牙丸無道來爲大家宣佈！」綜藝主持人鎭定地握著麥克風，努力讓自己的聲音不恐懼顫抖。

主持人將麥克風交給牙丸無道。

無道環顧競技場四周觀眾，旋又一一掃視每個入選決賽者疲憊的眼睛。

無道不禁想起自己一個半世紀以前，也曾抱著殘酷的殺念參加東京十一豺的遴選競賽，但因爲籤運不佳，在最後的決賽裡被殘酷地刷了出去。

那次的經歷讓無道飽受恥辱，更扭轉了無道對「力量」的看法。

所謂的力量，絕對不是力量本身，而是能夠統御眾多力量的金字塔。擁有至高的權力，絕對比什麼狗屁「任意獵殺」還要來得實惠。於是無道從提升戰鬥力量的本質，轉進更加艱難的權力官僚系統，總算讓他攀上了東京禁衛軍的頭領位置。

「東京十一豺」這五個字，在無道的心中，不過是十一條任意差遣的狗。

競技場的入口甬道，牙丸傷心雙手藏在交錯前胸的和服裡，踩著木屐，肩靠著牆，冷冷看著無道。

「每個入選者，都會得到最新的解密資料。這份關於東京最近連續遭襲事件的解密資料，已經獲得天皇許可，未來幾天內將會通過各種管道發佈，交到每一個國內幫會、同盟組織，以及旅外的特勤機構手中。從現在開始，東京進入第三級戰鬥戒備。」無道用他一貫的冷峻語調說。

解密？

第三級戰鬥戒備？

競技場一陣大騷動，即將戰鬥的愉悅，以荷爾蒙的激烈氣味不分種族散發出來。

要戰鬥了……又要戰鬥啦！又有藉口胡亂吃東西啦！

「敵人的身分，眞是讓人好奇呢。」TS-1409-beta胸口喘伏不已。

「我覺得沒有很厲害啦，啦啦啦啦啦啦。」優香驕傲地笑著，模樣好可愛。

「越來越有趣了。」大鳳爪笑。

無道的身上突然散發出一股剛烈之氣，示意全場安靜，但已經被撩動起來的數萬血族的沸騰情緒，再也無法壓抑。無道大喝了兩聲，競技場卻還是議論紛紛，雜音不斷。

無道轉頭，頗有深意地看著牙丸傷心。

「……」牙丸傷心慢慢從入口甬道走進場內，輕輕一躍。

這位名動天下的十一豺之首，一腳踏著牆垣，借力往上，又是高高一縱。

牙丸傷心的身形凝立在競技場半空，右手若有似無搭在刀把上。

無數脖子高高仰起，張口結舌。

「空之拔刀。」

牙丸傷心的手彷彿動了一下，然後緩緩躍落。

全場登時鴉雀無聲。

「在這種非常時期，禁衛軍的命令就是皇城作戰的最高標準，所有血族支部、人類組織，都要依照禁衛軍的指示行動。違者立殺不赦。」無道鋼鐵鏗鏘的聲音。

三十幾個觀眾，不分人類血族，突然裂成一道狂亂爆炸的血紅。

刀氣破壞的「痕跡」至少有十五公尺之長。自始至終，這一刀俐落到所有可稱暴力的元素全都消隱無蹤，只剩下突然的死亡。

牙丸傷心低著頭，慢慢走出競技場，留下無限肅殺。

「無道這個人，真能遵守天皇真正的指示？」

牙丸傷心離去時，心中不禁懷疑這點。但，眼前也只能暗中觀察了。

白響哼了一聲，彎身對坐在前面的白刑，悄聲說：「看樣子無道是想趁機會集權於一人之手，混蛋。我們應該通知其他人，立刻組成議會控制局面。」

「你當演卡通片啊？無道有的是時間。」白刑笑笑，不置可否。

無道掃了唯二出席的兩位白氏貴族一眼，繼續說道：「東京十一豺，代表的是絕對的武力，絕對壓迫性的暴力。在這種危難時期，真正能夠驗證這一點的，正是敵人自己。」

十名參賽者瞇起眼睛，這麼說的意思是……

「而通過淘汰賽的這十位勇士，將成爲對抗敵人的第一線。限期七天，哪兩個勇士獲得的軍功最大，就能贏得『任意獵殺』的資格，成爲新東京十一豺的成員。」無道說完，左手舉起，競技場再度陷入沸騰的情緒。

莉卡深呼吸。

正合我意。不在競技場裡戰鬥的話……

優香的粉絲俱樂部成立囉！

是的，自從優香出場後，我們接到許多熱情讀者的來電威脅，要求公佈優香的手機號碼、網路相簿與msn，否則就要癱瘓出版社的電話線。雖然優香知道消息後相當開心，但基於保護讀者生命的立場，我們選擇成立優香的粉絲俱樂部，一起為甜美的優香隔海加油打氣。優香粉絲俱樂部的網址：

www.Giddens.idv.tw

「感謝大家對我的垂涎與衝動，以後優香會繼續努力演出的，啦啦啦啦，忍術櫻殺！」優香的大心留言。

P.s. 國際巨乳協會請不要再打電話過來了，我們家優香是不會代言那種東西的。

第135話

這幾天的烏拉拉相當疲累。

一向很有主張的哥哥不在身邊，個性懶逸的烏拉拉常常不知道自己該做什麼，如何去做，要規劃出明確的生活對烏拉拉來說簡直是不可思議的事，尤其烏拉拉照樣花費許多時間在練習吉他上。

哥哥當初是怎麼跟他說的？

烏霆殲不過就是用手按住烏拉拉的額頭，將「天醫無縫」灌進他的體內，拋下一句：「變強，變得比現在一百倍強，然後你會找到我。」

然後烏霆殲就扔下重傷無力的烏拉拉，走了。

烏霆殲走後，烏拉拉起初滿腔熱血地鍛鍊自己的力量。

模仿著漫畫《刃牙》中主角自我催眠特訓的情節，烏拉拉找了許多人煙稀少的地方與假想的敵人不斷搏鬥，將幾種基本的咒術、獵命術靈活運用到極限。假想中的敵人主要是尤麗，烏拉拉此生遇過最強的對手。

但在高度花費腦力的虛擬假想戰中，烏拉拉一次都沒有打敗尤麗。

一次也沒有。

「爲什麼會這樣呢？」烏拉拉躺在河邊破碎的亂石陣中，幾近虛脫地看著浮雲。

不管是用大明咒突襲尤麗的視覺，或是用火炎咒壓制尤麗的動作，甚至是採取當初與尤麗在地下鐵中的決戰策略：「不斷奪取對方的命格」加上「瘋狂強塞爛命給對方」，都沒能奏效。

最後烏拉拉一定會被想像中的虛擬尤麗給殺死。

尤麗的獵命速度並不在烏拉拉之下，對大風咒的熟稔足以應付烏拉拉多種咒術的搭配攻擊；體術就更不必說了，擁有J老頭特製三叉戟的尤麗，每一個招式都充滿了危險的意念，招與招之間的縫隙，都是刺探對手的冷峻陷阱。與尤麗近身戰，就像是肥老鼠對上毒蛇。

烏拉拉無法複製一次地鐵中的慘勝。

於是半年後，烏拉拉得到一個堅定的結論：「待在哥哥身邊，才能變強。」

是啊，自己的個性太過依賴，太容易放鬆，更無法在失卻明確意義的戰鬥中自我強大。如果哥哥在身邊，一定可以點破自己許多不足，或者更簡單的，直接對烏拉拉做出種種荒謬的要求，然後奇蹟似地，烏拉拉終究都會筋疲力竭地辦到。

「哥眞是太笨了，放我一個人可不行。」烏拉拉摸著睡在他肚子上的紳士。完全辜負了，烏霆殲要烏拉拉從獨立中訓練自己堅強的心意。

烏拉拉開始旅行。先是跑到從小長大的黑龍江，跑到戰鬥氣息的上海，跑到痛苦滿溢的香港，將自己與哥哥從前踏過的路線再走一次，希望能夠找到哥哥。最後，烏拉拉只好提前來到終點站。

血族的大本營，東京。

回到這幾天相當疲累的烏拉拉。

烏拉拉在逐漸摸清哥哥恐怖的「變強策略」後，開始在東京尋覓暴爛的命格，打算來個守株待兔。這個策略就跟鎖木等獵命師一開始的行動準則如出一轍。

於是烏拉拉同時監控身掛劣命的三個宿主：「窮鎖」、「凶手大拇指」、「囫圇吞棗」，一刻不敢鬆懈。然而哥哥始終都沒有現身。

倒是紳士告訴烏拉拉，東京其他地區的劣命逐一消失，而且殞命的速度越來越快。烏拉拉判斷，以劣命消失的速度，即使是行動力超強的哥哥也不可能辦到，肯定是其他來到東京狩獵他們兄弟的獵命師們，正在進行的「爭食劣命」的防堵活動。

領悟這一點後，烏拉拉陷入難以忍受的矛盾。哥哥踏上走火入魔的路，即使得以成功殺進皇城，哥哥也不再是哥哥。而是一頭窮凶惡極的獸。

但比起哥哥成爲獸，獵命師殺死哥哥的荒謬，他更無法接受。

入夜後，吸血鬼的數量明顯增加，眼神充滿警戒，令烏拉拉不禁揣測哥哥的安危。爲什麼那些獵命師不來找自己？爲什麼就是針對哥哥一人？是因爲哥哥身上撩亂不安的氣容易成爲顯眼的目標，還是怯懦的自己對其他的獵命師來說還有剩餘價值？

烏拉拉焦躁地來回守候在三個劣命宿主周遭，與紳士合作監控。精神上的壓力與矛盾壓垮了烏拉拉的臉。

久等未果，烏拉拉轉個念頭，乾脆先搜尋「千軍萬馬」新宿主的下落。如果可以找到「千軍萬馬」的新主人，說不定就能得到一個可靠的夥伴。說不定。

但卻同樣一無所獲。

這就非常奇怪了。

烏拉拉對每個「過手」過的命格都有很高的熟悉感，尤其是哥哥曾倚重甚深的「千軍萬馬」，如果還在同樣一個城市，烏拉拉絕對可以靠著機率格命格的幫助，加上與紳士共同建立的第六感，在四十八小時內找到「千軍萬馬」。

除非，那個渾身惡臭的炒栗子大漢離開了東京。

或是，「千軍萬馬」落入了別的獵命師手裡。

「長老護法團？」一想到這個可能，烏拉拉的眉頭就更無法紓解了。

烏拉拉原本是個很暢快的人，一旦陷入不適合他的憂鬱情緒裡，就會像慣於自由的鯨魚闖進沙漠，只能痛苦擺動在蒸蒸發燙的烈日曝曬中。

這些負面的變化不禁讓懂事的紳士擔心起來。

□

兩天前，烏拉拉又回到神谷任職夜班的漫畫租書店，睡覺。

連續睡了兩天。

「怪怪的，不對勁。一定快要發生什麼事了。」烏拉拉遠遠從血族的低語交談中，得知東京已經進入了血族的特殊警戒時期。

在這種特殊的氛圍下，烏拉拉借宿的小寺廟已經無法收留陌生人。不僅如此，深夜警車巡邏的頻率格外頻繁，城市的監視器多了五分之一，而且還在逐漸增加中。在這種高度發展的現代城市中，要避開所有監視器的可能性趨近於零，唯一不引起吸血鬼注意的方式就是，低調。低調才是王道。

漫畫店二樓，冷氣下，一陣複雜的氣流過。

腳底下的紳士機警地抬頭，烏拉拉睡眼惺忪地在沙發上睜開眼睛。

狩拿著一本色情漫畫跟一桶炸雞，站在烏拉拉面前。

「暫時離開東京吧。」狩正色，忠告。

「謝謝你的好意，但我出現在這裡的理由還沒消失。」烏拉拉揉揉眼睛，紳士卻繼續趴下去睡牠的。

……狩這胖子，又更肥了。這樣毫無節制地吃下去，遲早又會吃出個什麼亂七八糟的爛能力。烏拉拉抓抓頭，又打了個呵欠。

「我們已經知道你們的身分了。很快，就會出現你應付不了的角色。」狩塞了塊雞翅在嘴裡，發出喀喀喀的骨頭脆裂聲。

「嗯。」烏拉拉點點頭，伸懶腰。

他想起了那個沒說幾句話就被狩吃進肚子裡的不知名獵命師。實力的差距，果然嚴重影響到認識彼此存在的機會。

「嗯？」狩皺起眉頭。

狩並非將烏拉拉當作一個「欠了個人情債尙未還清的傢伙」，而是一個「扭轉他人生的特殊存在」，所以狩才會站在烏拉拉面前，認眞地給予忠告。如果烏拉拉不領情，狩很清楚後果。

「你會死。」狩瞪眼。明明就可以避免的事，如果硬要發生，毫不值得。

「每個人都會。」烏拉拉迴避，很期待對話就此結束。

哎，爲什麼不是可愛的神谷叫我起床，而是這頭死肥豬……烏拉拉心中嘀咕。

「太快死的話，就不能做你原本想做的事。雖然我對你想做什麼不感興趣……總是有一些蠢蛋自以爲可以在這個城市裡幹些不討好的勾當。咕嚕。」狩將咬碎的骨頭連著肉沫一併吞進肚裡。

「如果我接受你的建議避開風頭，你心裡會好過些吧？」烏拉拉勉強笑道：「但越是危險，我留在東京的理由就越強。說起來眞的是很糟糕，你該不會以爲我是那種活得很不痛快，死掉比賴活好的那種人吧？」

「不是。」狩有點難堪的表情，皺眉道：「我們知道你們還有一群同伴，前晚從海上坐船靠岸東京。他們自以爲行蹤隱密，但再怎麼樣隱藏，還是騙不過雷達跟衛星拍攝，到了陸地，還有更多的……」

「前天晚上！」烏拉拉衝口說出。除了長老護法團，沒有別的答案了。

但長老護法團如果眞想隱藏行蹤，那些可笑的儀器根本就發現不了他們。如果暴露了行蹤，唯一的解釋就是，長老護法團根本沒有隱匿行程的必要。

的確。沒有必要。

如果就如傳說中形容的那樣……

「但那些跟你一樣所謂的獵命師，下場只有一個，不管是不是都和你懷抱一樣的目的。烏拉拉，你走吧，我沒有辦法安排什麼離開海岸線的小船，或是什麼祕密地道。但我相信只要你想走的話，離開這個充滿敵意的地方對你不會是難事。」狩瞇起眼睛，丟出自己的手機。

烏拉拉接住。手機螢幕上面，是自己模糊的相片。喔喔。

狩淡淡說：「你的樣子已經是東京最顯眼的標靶。我們對用類銀下毒的凶手，有上百種你從沒聽過的殘酷刑罰。」又塞了塊雞脖子進嘴，喀喀喀咬了起來。

「例如？」烏拉拉將手機丟回給狩。

「電擊乳頭，直到乳頭燒焦起火為止。」狩又瞇起眼睛。

「那我還是早點離開東京好了。」烏拉拉哈哈一笑，拍拍紳士的背。

當然不是這樣。但也該到了出去走一走活動筋骨的時間。現在走下去，應該可以遇見剛剛上班的神谷？那倒是個結束對話的好理由。

烏拉拉起身下樓，紳士搖頭晃腦地站起，跟在主人後頭，不時往後張望。

狩吃著那桶炸雞，翻著色情漫畫，胖大的身軀塞滿了整張沙發，彷彿再多幾公斤，這張沙發就會硬生生垮下去似的。

狩看著空蕩蕩的樓梯。

「快逃吧。」

第134話

烏拉拉走到一樓，精神一振。

綁著馬尾的神谷果然在櫃台後，低頭看書。

紳士細細喵了一聲，烏拉拉看著牠。

紳士抖抖身子，舔著自己的尾巴，俏皮的眼神好像是在說：「傻瓜，快使用命格吧！這不就是你的拿手好戲嗎？增加戀愛的好運氣喔！」

烏拉拉失笑，搖搖頭。雖然這個提議實在是很誘人。

但就因爲自己是個掌握命格奇術的獵命師，要樂透便樂透，要名模則名模，所以應該更能體會人與人之間「純粹情感」的珍貴性。

如果情人之間倚賴的，只不過是一條「大月老的紅線」，那麼愛情這兩個字，又眞有什麼意義？最後情人相信的只不過是命運的羈絆，而不是彼此深刻相偎的情感。

如果兄弟的生死義氣，可以輕易被莫名其妙的命運所操縱變質，而解決這種變質的可能，居然是尋找更好的命格，而不是意志堅定的並肩齊進？未免也太辜負了老天爺賜與的，絲毫不下「命運」的另一樣東西。

情感。

人不是命運的容器。至少，我不是。烏拉拉向紳士微笑，紳士搖著尾巴。

烏拉拉走到櫃台前，翻著陳列在新書區的一排漫畫。安達充，井上雄彥，鳥山明，谷古實，尾田榮一郎，浦澤直樹，這些漫畫家就像是所有跨世代的人生記憶，強韌地以各種節奏穿梭存在。

「這幾天我遇到了一些挫折，心情不太好，可以陪我說說話麼？」烏拉拉開口，趴在兩本書的縫隙後看著神谷清秀的臉龐。

神谷沒有回應，只是靜靜地看著她的數學課本。

「上次我的手著火那件事，眞的是相當感謝，多虧有妳的幫忙。」烏拉拉笑，這個笑容帶著點睡在沙發上的疲倦後座力。

神谷沒有回應，咬著鉛筆末端的紅色橡皮擦。

這個動作代表什麼？她有在聽我說話麼？是矜持嗎？還是覺得我窮極無聊？烏拉拉

暗暗好笑。自己懂得一萬種應敵之道，但卻無法斷定眼前女孩的心思。

「想跟我的貓玩嗎？喏。」烏拉拉抱起紳士，紳士擠出一個可愛的笑。

「……」

「牠叫紳士，很喜歡吃沾海苔粉的薯條，黑色的，超酷。」

「……」

「玩過籤運機嗎？我最近抽了一支怪籤，說我會被殺到跑沒路，哈，最近的籤運機眞的很要不得，老是打打殺殺的。」

「……」

「嘿，我的口音有沒有一點奇怪？其實妳多半猜到了，我不是日本人，所以日文有些不靈光也是很合乎邏輯的。」

「……」

「妳看起來好像很希望靜一靜？要考試了嗎？」烏拉拉搔搔頭。

「……」

「題外話。我最近惹上了一點麻煩，大概不能常跑這裡了，免得血噴來噴去噴到妳身上，大家以後見面不好意思。但我還是會在東京流浪，有機會的話，我還想彈吉他給妳聽哩。雖然這年頭彈吉他追女孩子的招數，好像已經俗爛到不行，不過我寫了首歌，超熱血的，妳聽了也不會覺得我是在跟妳告白。」烏拉拉越說越飛到外太空。

神谷突然站了起來，臉漲紅，看著烏拉拉。

神谷沒有說話，但那種咄咄逼人的眼神氣勢，竟令烏拉拉一整個愣住，無法動彈。

「……」神谷瞪著烏拉拉，雙手伸出。

一本書。《你不可不知的人體自燃》，亞洲神祕學研究協會獨立出版，封面是一個全身著火、從高樓窗戶亂叫跳下的男人。

「送我的嗎？」烏拉拉忍住爆笑出來的衝動，恭恭敬敬接過。

「……」神谷坐下，低頭看書，不再理會烏拉拉。

神谷耳根子紅透，然後是脖子，最後是清麗的臉龐。熟悉周遭氣流變化的烏拉拉，明顯感應到神谷的體溫在剛剛的半分鐘內，急促地上升了零點五度。

戀愛的訊號？

「我會好好看完的。」烏拉拉笑笑，強掩心中的興奮，轉身離開漫畫租書店。

自以爲勢

命格：集體格

存活：五百年

徵兆：發覺自己的某些生活作息跟重要的比賽（或是氣候）有連動關係。例如只要在床上看電視轉播，湖人隊就一定會輸球；例如到現場加油，兄弟象就一定會贏；例如只要連續吃三天的草莓冰淇淋，颱風就會侵襲居住地等等莫名其妙的關連。

特質：別小看這麼無厘頭的命格！在宿主發覺、並開始堅信其間關連時，命格的能量就會開始放大；如果宿主掌握了運用自己行為與周遭事物的關鍵，將可以在戰鬥中以不可思議的小動作，讓敵人慘敗。

進化：修成正果！

第137話

剛入夜，東京地底的通勤電車上，是日本上班族文化的縮影。

塞著耳機每分每秒都不放棄喧鬧音樂的嘻哈族＋裙子高到令人窒息的一〇九辣妹＋攤開產經報紙推著眼鏡的禿頭中年男＋愣頭愣腦背誦英文字典的書蟲＋聚精會神猛按掌上型電玩的中學生＋昏昏欲睡的平胸長髮ＯＬ＋……＝氣味紛雜擁擠的電車密室。

一個蓬頭垢面的落魄鬍男人，穿著從紙箱族❶那裡撿來的鬆垮衣褲，坐在一名禿頭肥佬旁。

落魄鬍男人的衣褲上還沾著油漆色塊與垢痕，還有一股奇怪的酸味，那是衣褲原先主人人生邁向腐敗的氣息。但他不在意。

跟變強無關的事物，落魄鬍男人都視之無物。

落魄鬍男人蒼白的臉孔底下，流動著淡淡亮紅色的光澤。那是落魄鬍男人細胞正逐漸活絡、復甦的徵象。豎耳傾聽，彷彿可以聽見血族的夜細胞正在膨脹的嘶嘶聲。

落腮鬍男人的手中拿著一份新聞雜誌，裡頭的用詞與圖片同樣教他驚奇。一個世紀之差，這城市轉變得太劇烈，根本就屬於另一個完全不同的世界。

中東回教部落戰爭的新聞圖片裡，一個全副武裝的人體炸彈客，舉著聳動的標語供記者拍照，肩上懸掛新式烏茲衝鋒槍。

落腮鬍男人摸著下腹，回憶令他大吃一驚的「兵器」。

嘆，所謂的槍不就是那種裝填火藥後，從鐵管子裡噴出鉛丸的可笑東西嗎？倚靠那種不像樣的東西，怎麼可能變強？

但一想到同樣叫做槍的東西，在自己還未來得及眨眼的時候，已經將滾燙的金屬彈丸噴進肚子，腸子一下子就流出來了，落腮鬍男人就不禁皺起眉頭。當時錯愕的感覺遠大過於痛覺，因為神經還未完全恢復靈敏。

緊接著的，就是從一顆鐵丸子裡釋出的轟然巨響，除了四散的破碎割片外，那巨響完全讓自己的耳朵聾掉，喪失平衡。

再來就是頭暈目眩中，從後捅進自己腰椎的冰冷刀刃。

是啊，刀刃。

那狠狠侵入體內，旋轉攪動的刀刃，反而讓自己在瞬間找回戰鬥的熟悉感，引爆了某種原始的、大幹一場的本能。

等到真正感覺到眼淚都會擠出來的痛時，落腮鬍男人的雙手已沾滿驚恐的鮮血，全身都佈滿了冒著血煙的彈孔。

這個世界，已經到了兵器超越武術的境地了嗎？

自己能活過來，靠的全是血族的特殊體質，而非登峰造極的武術，如果還在身為人類時的模樣，肯定是死翻了。然而，真正的技藝不就是無論如何都應該在卑劣的條件下還能獲勝的東西嗎？

後來被送到醫療室接受手術，落腮鬍男人整個腦子都在想這件事情。如果這世界有了這些可怕的兵器，自己還會被提前放出來，顯然有某種東西還凌駕在這些兵器之上，構成無法解決的難題。

一想到這裡，武藏就感到熱血沸騰。

「很抱歉，時間緊迫，用了最激烈的方式幫你找回戰鬥的本能。我想這也是方便你認識這個世界轉變的最快方式。」當時的無道坐在手術台旁，看著醫官用鑷子從落腮鬍男人的身體內夾出一顆顆沾著黏稠血絲的變形子彈。

「……」

「雖然曾經是你的手下敗將，但，我現在已是地下皇城禁衛軍的軍團長，兼任特別事件處理組的組長。將你釋放出來雖是牙丸傷心的建議，但你的行動我必須完全負責。」

落腮鬍男人開始感到不耐，看著醫官將自己的肚子快速縫合，還用奇異的灼熱光線修補受傷的痕跡。真了不起，這技術。

「這次主動請你出棺，我並不抱太多的期待，畢竟你會惹出的麻煩，可能大到我們必須要用武力脅迫你躺回樂眠七棺的地步。但，至少請你聽進幾句話……」無道繼續用他一貫的冰冷官腔念道。

當天晚上，儘管還未復原，落腮鬍男人就扯開身上的管線，靠著鬼扯般的第六感離開錯綜複雜的地底世界，來到久未謀面的京都城。

京都城？已經進化成令人眼花撩亂的大怪物。

是的，而這個落腮鬍男人，就是如雷貫耳的東瀛劍聖。

宮本武藏。

□

我們親愛的宮本武藏先生，一出棺就飽嚐了一百個精壯人類的血液，所以根本沒有餓肚子的問題。撇開肚子，武藏對向平凡人動手這種事也感興致缺缺。

搭上這班JR山手線的通勤電車前，武藏在地下街胡亂遊蕩，在還未搞懂新世界怎麼運作的情況下，武藏只有到處東摸西看，用好奇心旁敲側擊另一個世紀的京都城。

武藏先是在運動用品店的沙發上，目不轉睛地看著NBA籃球明星廣告一個小時，在地下道的街頭藝人旁看魔術表演兩小時，然後在吉野家吃了三碗大號的牛肉飯，在舊書攤買了幾本過期雜誌。靠的全是不怒自發的威嚴付的帳。

而現在，身處擁擠的通勤電車的一角，武藏深覺這世界在「人的生活節奏」的變化上，遠比兵器的進化還要奇特，而「人性」也出現了極度慾望化的浮面現象。

例如，坐在武藏旁邊的禿頭大叔，正偷偷將手伸進背對著他們的女中學生的裙子裡，以溫吞又顫抖的速度，緩緩貼向女中學生的屁股。這個動作令武藏駭然。

女中學生果然一震。

「……」沒有意外，武藏嗅到了女中學生身上的焦躁難堪，以及壓抑的憤怒。

但女中學生沒有反抗，這就令武藏匪夷所思起來。

嘻嘻。於是禿頭大叔索性滿足地揉擰了起來，女中學生稚嫩的屁股頓時成爲禿頭大叔的掌中玩物，積著黑色污垢的指甲，刮刮，搔搔，磨磨，蹭蹭，恣意試探女中學生的忍耐底線。

就像諾曼第搶灘登陸，每一寸推進都是絕地逢生的藝術。太躁進，女中學生就會瞬間崩潰大叫，這位禿頭色狼也就會被送進警察局裡，在牢裡被雞姦到每次大便都得見血。若是裹指不前，那就像看A片卻不手淫一樣，毫無意義可言。

進退之間的鹹溼節奏，是每一個淫魔終生修習的課題。

此時段的電車異常擁擠，高漲的荷爾蒙在角落裡持續瀰漫，伴隨著的是女中學生的憤怒顫抖。禿頭大叔的手指，終於扒開女中學生內褲，摳挖著溼溼滑滑的地帶。

女中學生抓著吊環的手，已因過度用力呈現缺氧的醬紫色。哆嗦的身體，僵硬的臉色，緊咬著牙。不知是在醞釀痛哭，還是醞釀要大叫色狼。

唯一可以確定的是，女中學生逐漸失卻她的立場……如果不舒服，為什麼不一開始就扯開喉嚨叫嚷呢？

禿頭大叔興奮地確信，繼續這樣搞下去，女中學生會在羞愧與極度憤怒的情況下，以無奈的立姿達到毀滅性的高潮。從此女中學生將在往後的人生，只要在做愛的過程裡身體一接近高潮，就會想起今日被性騷擾的恥辱，進而冰冷地中斷。扭曲。痛哭。

手指惡意十足地撥攪著。

「？」武藏不知道應該做些什麼。

畢竟，這或許是新世界常有的人情互動？如果不是，為什麼其他人也注意到了，還是沒有人出面干預？就連女中學生自己也只是苦苦忍住不敢動作不是？

坐在武藏另一邊的中年上班族，褲襠漸漸隆起，隆起，邪惡地呼應禿頭大叔的性騷擾動作。

該怎麼做？還是什麼都不應該做？

武藏發覺一個掛著耳機的男孩，正狐疑地看著他，那充滿疑問的眼神讓武藏感到很不自在。混蛋東西。武藏決定在下一站就下車。避開不知道該怎麼做的狀況似乎才是明智的選擇。

反正，這件事跟變強也沒有關係。

武藏的瞳孔突然縮小。

輕溜溜地，一隻黑貓停在武藏的腳邊。

一個約莫二十初歲的大男孩，揹著一把藍色吉他在擁擠的電車中踉蹌前行，吉他柄搖搖晃晃的，幾乎掃到每一個被說抱歉的乘客的臉。正當乘客對這樣的推擠感到嫌惡時，大男孩突然一個不平衡，往禿頭大叔的身邊輕輕一撞。

禿頭大叔突然愣住了，那隻原本正蹂躪著女中學生的髒手，突然僵滯不動。

「……」禿頭大叔滿臉困惑，似乎不解自己的髒手怎麼會黏在陌生女孩的屁屁上。

掏空，被掏空了——武藏心想。

「色狼！」被性騷擾的女中學生突然回頭，唰地一巴掌，熱辣辣地將禿頭大叔轟了個眼淚直流。女中學生一個大發作，又是連續好幾巴掌，打得禿頭大叔幾乎睜不開眼，卻連辯解也無力發出。

然後是整個電車的如雷掌聲。

電車靠站，禿頭男子趁著女中學生沒有呼叫警察，羞慚地匆匆下車逃逸。

武藏的瞳孔縮成一個小黑點，久久無法回復。

他轉頭，看著潮來潮去的月台。ＪＲ池袋站。

下車的人潮裡，包括剛剛那個不小心碰了禿頭大叔一下的大男孩。至於停在武藏腳邊的黑貓，則一溜煙跟在大男孩的腳邊，忽地鑽進牛仔褲管躲著。

剛剛，那個大男孩變了個把戲……雖然看不出是做了什麼手腳，但肯定是從那個禿頭大叔身上，拽走了什麼東西，那禿頭大叔才會像洩了氣的牛皮袋，整個精神瞬間乾癟。

黑貓……黑貓啊……除了任務，武藏想起了一件懸疑的往事。

巖流島。

「『電車痴漢』這種破爛命格，怎麼動不動就會遇到？日本人眞的需要反省一下，爲什麼這種髒兮兮的命格會滿地開花。」烏拉拉自言自語。然後深呼吸，偷偷往後一瞥。

果然，那雙炙熱的眼睛也隔著電車玻璃打量著他。

蓬頭垢面的底下，是銳不可擋的英姿煥發。

「原來，他就是無道口中的獵命師。」武藏瞇起眼睛，整個人這才眞正醒了。

電車喀喀一震，機輪緩緩發動。

「……」烏拉拉目送那雙炙熱的眼睛離去。

有種比「斬鐵」更強的命格，棲息在那傢伙身上。

不論是否是血族，那傢伙都強得要命。

強得要命。

但這傢伙原本可以大大方方衝開玻璃跳下月台追殺自己，卻沒有這麼做。

他只是用火焰一般的眼神凝視著自己，當作一個蒼勁的開場白。

「喵。」紳士的小腦袋探出領口，憂心忡忡。

「知道啦，我會閃得遠遠的。」烏拉拉笑。

---

❶紙箱族是日本廢柴文化中的一環，指的是長期失業或種種原因導致流落街頭，寄宿在車站或公園，以紙箱當作活動式簡陋帳篷的遊民。這類遊民有越來越年輕化的趨勢，其中不乏因失去經濟地位被家人趕出門的中年大叔。

第138話

每隻靈貓儲命的空間有限，僅能容納九種命格。

紳士的體內，原先已封印了七個命格，扣掉前幾天剛剛送出手的「信牢」，再加上剛剛獵到的爛東西「電車痴漢」，現在還是有七個命格被封印在紳士體內。稍嫌多了。習慣保持五到六個命格在紳士體內，是烏拉拉的作戰策略。

在這樣的命格數目底下，烏拉拉與紳士配合無間，便能夠強硬嫁命，也能夠優游獵命，轉換命格也有一定的靈活性。

通常一個獵命師不會考慮這樣的作戰方式，能夠儲滿九種可供作戰或交易的命格，就盡量做到，沒有不這麼做的理由。

但可悲的是，烏拉拉最大的敵人，正是獵命師自己。

遇到命格過多的情形，烏拉拉的做法有二。

第一，很自然地，烏拉拉會將沒有作戰可能的優質命格，送給需要它的人。適合的宿主對命格的修煉之路很有幫助，相得益彰。例如愛情系的粉紅色命格。「信牢」雖然對於作戰有一定的幫助，但烏拉拉送起命格來，往往也是激情驅使，一個衝動就這麼把「信牢」給送出門。

第二，對於顯然沒有作戰用處的劣質命格，就是烏拉拉的燙手山芋了。既然是毫無意義的劣命，留在人間只是無端製造悲劇，如果讓這樣的劣命修煉成精，對任何人都沒有好處。但烏拉拉並非「煉命師」，也不認識「煉命師」，所以無法熔毀這樣的命格。所以，烏拉拉只能選擇將這樣的劣命送到它一點都不想去的地方，試圖斷絕它成長的可能。

所以，烏拉拉揹著吉他，漫步來到了池袋國際水族館。

□

池袋國際水族館擁有九十種品種，共四百尾海洋生物，雖說不上是日本最大的水族館，但位於十一樓，可是全世界最高的水族世界。館內共分爲亞熱帶雨林區、亞馬遜河區、珊瑚礁區，每一區所展示的佈置各有特色。

烏拉拉循著標示，走到亞熱帶雨林區，然後在目標前停下。

緬甸龜的介紹看板上寫著：

緬甸龜，學名*Hieremys Annandalii*，原產地：越南，泰國，馬來西亞。棲息環境：河流沼澤區。體長：背甲五十至六十公分。適溫攝氏二十四～二十七度。屬於大型水龜，在亞洲來說可以跟西瓜龜和澤巨龜並列亞洲最大的三種水龜，體型大肉質厚，為了保護這些亞洲龜種免於滅絕，已列入CITES II的保育類。雜食性，偏好以葉菜水果為主食，內向，有膽怯的傾向。成龜體型龐大，甲殼黝黑，頭部有黃色斑紋，成年後斑紋逐漸淡化。雄龜體型較大，尾部粗大。雌龜體型較小，尾巴細短。雌龜每年可產卵兩窩，每窩約四至九顆蛋，在攝氏二十九度之下約六十至八十天可以孵化。

夠大隻了，烏拉拉心想。

通常甲長越大的烏龜代表壽命越長，加上偏素食性，對烏龜這種顢頇物種的壽命也頗有幫助。但對於命格來說，這些因素加起來，可真不是好消息。

「挑哪隻好呢？」烏拉拉瞇起眼睛，在玻璃前研究了起來。

要知道，命格最怕的東西，就是烏龜。

命格僅能寄生在具有生命的物體裡，一旦彼此的生命形態互相鑲嵌了，就無法隨意分離，只能等待宿主死亡，命格才能離竅，尋找下一個修煉場（是的，在這種情況下尤其凸顯獵命師的特殊體質）。在與宿主相處的時間裡，命格通過各自的方式吃食修煉成精所需的能量，但如果宿主條件太差，絕對會影響命格的成精之路。

因此，人類是命格最佳的宿主。幾乎找不到任何不妥的成分。

尤其人類世界在十八世紀末發生工業革命後，人口爆炸，都市形成，人與人之間的互動出現形形色色的靠攏、拔昇、質變、斷層，各種觀念都新穎到連最好的宗教發明家都無法確實跟上腳步。命格的數量比起以往任何一個時代都還要多，多上了幾百、幾千倍，更別提誕生出前所未有的命格形態。

比較起來，長壽又無趣的烏龜，簡直就是命格的天敵。

烏龜與烏龜之間的相處，受限於先天的智能與笨拙的肢體，請問能有什麼好有趣的互動？這樣的無趣同樣發生在所有非人類的動物上，但烏龜可怕的長壽，足以殲滅大多數亟需能量成長的命格。

□

多年前，黑龍江。

火堆旁，一對小兄弟，一頭大赤熊。

「殲滅？」年幼的烏拉拉不解，趴在大赤熊的肚子上。

大赤熊嘴饞地看著烏霆殲手中香氣十足的蜂窩，口水猛滴。

「是啊，如果命格太久沒有得到成長所需的能量，就會因為太虛弱，失去嵌合所需的能量，反被烏龜溫吞的體質吃掉。所以以後你遇到不想要的命格，就找隻烏龜放進去吧。」烏霆殲將蜂窩丟給大赤熊，自己吸吮著滿手黏稠的蜂蜜。

為了這個甜得要命的蜂窩，兩兄弟可是轟了不少火炎掌驅散可憐的蜜蜂。

「喔，不過命格被烏龜吃掉會怎樣？烏龜會變得更長壽嗎？」烏拉拉半張臉都埋在大赤熊的肚毛裡，大赤熊興奮地直接啃起蜂窩，幾涎蜂蜜和著大赤熊的口水，都流到烏拉拉的後腦上。髒死了。

「顯然是。就跟大長老的情況一樣，只是大長老是有意識地慢慢將『萬壽無疆』的能量完整轉化，而不是等待『萬壽無疆』枯竭。」烏霆殲兀自吃著手掌上的蜂蜜。

「是啊，要等『萬壽無疆』枯竭，肯定是遙遙無期啦。」烏拉拉吃吃笑道。

「不過，爸說過有些命格很能捱，如果等不到烏龜先死掉，就會想辦法蛹化。」烏霆殲補充。任何事情都有例外，生命會找到自己的出路。或誤以為，終究可以找到出路。

「蛹化……冬眠？」烏拉拉聽見大赤熊的肚子，正發出消化蜂蜜的滿足聲音。

「對。但蛹化也不是完美的辦法，命格的能量還是會從鑲嵌的縫隙中滲出，只會延長烏龜的生命。所以蛹化的結果只是拖延被吃掉的時間，蠢不可及。」烏霆殲不屑。

「除非。」烏拉拉的眼睛骨溜骨溜。

「是啊，除非。」烏霆殲笑。

□

於是烏拉拉在展示玻璃前，挑了隻即將成年的縐綢龜。成年了，生命也堅韌了。

過了半小時，趁著每天八次的公開餵食時間，烏拉拉向管理員討了幾葉大白菜，趁著餵食的動作，在中意的縐綢龜的頭上摸了幾把。「電車痴漢」就這麼糊里糊塗，被鎖進八風吹不動、靜坐大魚缸的縐綢龜龜殼底。

「歡迎成爲這裡最色的烏龜。」烏拉拉哈哈一笑，看著中標的縐綢龜扛著笨重的甲殼，搖著尾巴，沉入水底，騷擾其他的母龜去。

嘶嘶。

嘶嘶。

烏拉拉的背後，中央空調的冷空氣中，響起了刺耳的不安焦響。

烏拉拉的背脊一陣寒冷。

不必回頭，戰鬥的信號太明顯。

「在人這麼多的地方動手，不怕會引起他們的注意?」烏拉拉倒抽一口涼氣。

巨大水族缸的玻璃反射中，一個痀僂老者身影，身上的黑色西裝襯托出白色長髮的閃閃發亮。

「舉手之勞。」老者的右手拇指與食指之間，流動著青色的電氣。

雷神咒。

這個世界上，所有的咒術都沒有一定的相剋道理，主要還是施咒者的強弱之別，應用殊異。五行中水剋火，但火炎咒卻未必輸給了鬼水咒。

然而，雷神咒不一樣。

那是獵命師長老護法團中，最強的「聶老」專屬的絕招。以氣化電，以電聚雷，雷斬無雙。據聞，這套咒語體系是近三百年才由大長老研發出來，用來改善能夠引天雷斬劈邪惡的「飛仙」命格難以修煉的缺憾。

在雷神咒的面前，獵命師所有的咒術都是無效的抵抗，雷破火，雷襲水，雷咬金，雷焦土，雷捲風……而聶老，正是哥哥那一類型的極致。無可與抗。

這下要糟，烏拉拉心中暗暗喊苦。在水族館這麼多水的地方遇到雷神咒，更是沒有絲毫反手餘地。如果能帶著半條命逃走，就已經是重大的勝利。

但有那種可能嗎？

水族館內，熙熙攘攘的人群。約會的情侶，帶著小孩的夫妻，拍照做學校報告的小學生，若有所思的遊人。一動起手來，想要顧全周遭的無辜者，是必須竭力壓抑的幼稚想法。

「既然大家都找不到烏霆殲，我也不介意只是宰了弟弟。」聶老看著烏拉拉的背，聲音沙啞。

「我很弱。」烏拉拉看著水缸玻璃的聶老映影，定下心神。

「嗯。」聶老。

「凡賭博都有讓分。我也想要因爲太弱，占點便宜。」烏拉拉摸著探出衣領的紳士，小心翼翼地說。

「……」聶老。

「這樣吧，我接前輩三招，如果前輩無法在三招以內擊敗我，今天前輩就當沒有看見我如何？就當作長輩對晚輩，不，當作強者對弱者的禮遇。」烏拉拉腦中急轉。

紳士身上儲存的命格有：「天醫無縫」、「居爾一拳」、「朝思暮想」、「食不知胃」、「萬眾矚目」、「請君入甕」。

現在該用哪一種？

防禦性質的「天醫無縫」？於事無補，逃得掉再用來填補苟延殘喘的命吧。

戰鬥性質極強的「居爾一拳」？值得考慮。如果這一擊成功的話，篤定可以將父親烏侉留下來尚未修煉完全的「居爾一拳」命格，提升成功。

「朝思暮想」？算了吧。

「食不知胃」？如果可以及時送進這老頭的身體，不失一種戰鬥法。但對於隨時都在放電的敵人來說，太過接近絕對是不智之舉。

「請君入甕」？現階段能夠請得到的神祉，全都躲不過雷神咒，不若自己專注應戰。但如果將對付普藍哲夫那套用在這老頭……不，問題還是一樣，對雷神咒持者做近身戰，就像笨蛋小鬼好奇去摸高壓電線一樣愚蠢。

至於「萬眾矚目」……「萬眾矚目」……似乎有點道理，但這需要點時間。敵人的自信越大，自己堆積籌碼的時間就越多。嗯，就這麼決定。

以上烏拉拉的思考，全在三秒內計算完畢。

於是在第四秒，烏拉拉大大方方從紳士體內吸注了「萬眾矚目」，卻沒有咬破手指在身上塗附血咒。因爲短短十五分鐘，對一切都很足夠了。

「你以爲，這種老掉牙的無聊把戲，能夠讓你逃掉？」聶老看著不斷撫摸靈貓的烏拉拉，心想：以你的程度，換什麼命格都沒有用。

「當然了，如果前輩需要四招才能擊敗我的話，那我也願意勉爲其難試試看。還是五招?六招?只要讓我看到一絲曙光，我會變得更強一些。如果我強一點，前輩將我殺到死得不能再死的時候，也不會覺得攆死了一隻小螞蟻，玷污了自己的手。」烏拉拉誠懇的聲音。

油嘴滑舌的激將法，簡直沒有一點掩飾。但對於獵命師長老護法團團長聶老來說，偶爾有點挑戰性還算是不錯的調劑。

只不過……

「就算聶老答應你這種可笑的提議，我也沒打算放過你。」

一個穿著黑色西裝的光頭男子，額頭與頸子都刺滿了大大小小的蜘蛛圖騰，從角落裡慢慢走了出來。光頭男子奇特的模樣吸引了所有參觀水族館的遊客注意。

烏拉拉輕輕敲著紳士的小腦袋。

惡魔之耳

命格：天命格

存活：無

徵兆：疑似嚴重幻聽，孤僻，不愛與人有往來，卻常躲在陰暗角落窺伺人群。失控者常常被當成神經病，適應者則很有機會成為新興宗教的教主。

特質：宿主可以聽見一定距離內的、所有人的內心呢喃。若習練有成，則能過濾無數雜音，監聽特定對象的內心話，瞬間了解對方心中的各種盤算。當然了，此命格對於想告白卻又缺乏勇氣的人，也是十分珍貴的存在。

進化：無

（蔡宛君，女，台北市，一朵花的十八歲）

第139話

東京警視廳，直屬特別V組的祕密監控中心，三大部門之一的「城市電眼」❷，充滿了疲倦的氣味。

永遠都揮散不去的煙霧，提神飲料，液體蛋白質補充液，是這個部門最鮮明的困頓寫照。

四面巨大的電視牆，上映二十四小時絕不打烊的無數監視畫面，每隔十五秒就自動切換角度、更新，一方面有專人觀看異狀，一方面有電腦程式進行快速的特徵比對，整個城市的黑色運作盡入眼簾。喬治·歐威爾的名著《一九八四》裡無所不在的老大哥，在此間得到最尖銳的印證。

電視牆上，其中一個小畫面瞬間變成閃爍的紅色，一個戴著耳機吃著零食的監看員精神一振，忙從椅子上坐直。

「課長，池袋的情況有異。」監看員按下紅色的通話鈕。

辦公室內，宮澤睜開血絲滿佈的眼睛。這陣子的東京都警戒命令讓特別V組上下的作息，完全日夜顛倒了，就連宮澤這樣的長官也得睡在辦公室。

「發現了什麼？」宮澤躺在沙發上，扭動身體。

發現了什麼？怪哉，螢幕上好像也沒什麼不對勁。

「……好像沒發現什麼，但剛剛螢幕自己亮起紅光來，大概是系統有點故障。抱歉，我會再看仔細一點。」監看員啞口無言，看著紅光持續閃爍的畫面。

宮澤從鼻孔噴氣，正要取消通話繼續闔眼再睡一陣時，突然一道靈光掠過。

「等等，出現紅光的是池袋哪一區？」宮澤坐起。

「在池袋的國際水族館。」回報。

……

照道理說，自己不應該幫助吸血鬼老闆。但，根據自己對古代文本的推理，與皇城解密釋出的資訊，幾種不安的對戰可能快速在宮澤的腦海裡組合起來。其中有一種對戰組合，尤其令人不安……

「血族有沒有回報任何突發戰鬥？」宮澤思忖，手指插進杯水裡，慢慢攪動。

「沒有。」回報。

那麼，極可能是獵命師之間的競鬥？

「聽命，異狀有可能是敵人的特殊能力所引發，通知附近的警車將現場圍起來，派遣武裝部隊以B級軍事力攻堅整棟大樓。」宮澤咬牙，迅速做出判斷。

「那……那需要通知上面的老闆嗎？」回報。

「當然，越快越好。」宮澤吸吮指尖上的茶水。

□

烏拉拉看著慢慢走出巨大水族魚缸左側，不矯飾殺氣的存在。

光頭的高壯男子，露出黑色西裝的部分，用咒語細密紮成的蜘蛛刺青活靈活現地布在賁起的肌肉塊上。蜘蛛似在爬梭，似在膨脹，伴隨著咒語的呼吸。

有了點年紀，但因爲精氣聚斂的關係，讓高壯男子的眞實年齡蒙上了迷霧。

蜘蛛舞的第一行家，阿廟的父親，廟歲。

「原來長老護法團的制服，只是普通的黑色西裝。想過找個設計師？」烏拉拉淡淡地說，身上散發出奇異的氣息。

廟歲表面上並不介意烏拉拉的動靜，但插在褲袋裡的雙手，卻快速掐算出烏拉拉身上的命格是什麼。

「萬眾矚目」。哼……雕蟲小技。

「……看樣子，今天如果不把命送在這裡，倒變成了稀奇古怪的事。這樣也好，我落得輕鬆，反正什麼努力都是白費。」烏拉拉像是鬆了一口氣，像是認清了自己的「命運」。

聶老看著烏拉拉的背影。這孩子從剛剛到現在，都處於一種奇異的鎮定。這份鎮定跟他所使用的命格「萬眾矚目」毫無干係。

應該說是烏拉拉對死亡鈍感呢？還是他眞覺得鎮定能幫助他逃出生天？逃出兩個長老護法團成員之手？

這個模樣，這個氣度，或許正是大長老割捨不下的烏氏情感吧。

「烏拉拉，大長老有命。」聶老沙啞的聲音。

「喔？」烏拉拉好奇。

□

隸屬特別V組的警車，在三分鐘內就趕到池袋國際水族館樓下，拉開黃色封鎖線，以恐怖分子放置炸彈為理由開始疏散人群的工作。

兩台機動裝甲車開到，兩隊荷槍實彈的特種小組迅速拉開車門，魚貫衝出，在水族館大樓樓下以熟練的節奏，結成六個相互掩護的小組。

「注意安全，武裝攻堅開始。」宮澤聚精會神看著從裝甲車上，傳送回警視廳的畫面。

此時，十道身影從夜空十個方向，踩踏著大樓頂巔，快速絕倫地朝水族館奔去。

東京十一豺，虎視眈眈的備位十人中的九人。

「簡直是，無法抗拒自己的第六感啊，嘿嘿。」藍衣忍者大踏步。

「敵人肯定在那裡，那裡有不尋常的……感覺？」紅衣忍者健步如飛。

「老子一定要奪下頭彩！」儘管扛著大鋼仗，腳下速度卻不遜色的巨漢。

「哼哼，要不是不想在太多人面前展現我真正的實力，我才不會在第一輪亂鬥遴選時受傷哩！現在總算可以大展身手了。」侏儒老人忿忿不平，他覺得自己早該位列東京十一豺了。以他的年紀，對乖乖排隊吃食人類血液這種事已經厭倦百年。

但其中獨獨不見長刀莉卡的身影。

□

巨大的魚缸裡，大魟魚優雅地張開軟綿綿的肉翅，拖著刺尾在藍色水中匍逸而過，好像滑行在天際的外星怪物，其他的小蝦小蟹彷彿只是凸顯其偉大的陪襯。

烏拉拉的鼻息，已在魚缸玻璃上霧出一團溼溼的白氣。

「如果你肯跟我們回去，待在大長老旁邊修煉術法，我們可以饒你一死，在大長老的親自傳授下，將來你定會是新一代獵命師的領袖，不可限量。至於你哥哥，距離詛咒生效的期限還有五年，我們護法團自會將烏霆殲給找出來。」聶老傳達大長老的命令，這道命令可說是大長老對烏木堅等歷代烏家主人的眞摯義氣。

那些患難與共、血海談笑的上萬個日子，大長老已經不想再經歷一次。但他絕無一刻或忘。每每念及摯友烏禪悲愴孤單的詛咒，大長老總是默然無語，一隻貓靜靜地坐在崑崙山巔，看著變幻莫測的雲海發愣。

「答案是？」聶老看著烏拉拉的背影。

「眞是便宜的邀請，反正如果到時候還找不出我哥哥，你們再將我殺掉就行了。」烏拉拉失笑，也沒有斷然拒絕的生氣。

聶老點點頭。他從一開始就沒期待聽到別的答案。既然這兩兄弟可以醞釀這麼久，最後在祝賀日當天發難，與實力倍勝的獵命師祝賀者對抗，就沒道理挑在今日反悔。

這樣也好，別牽扯不清。

聶老慢慢舉起一根手指，電氣在指尖盤繞。

「反過來，我也有個建議。」烏拉拉挑高雙眉。他努力拖延著時間，讓「萬眾矚目」的能量越來越發酵。

「喔?」聶老。

「你幾歲了,八十?九十?一百?」烏拉拉好奇。

「一百二十二。」聶老低沉沙啞的聲音。

「哇,那應該活得夠本了吧?想不想見識一下地下皇城的風光?至多是個死,可是卻可以讓你超正點的雷神咒對上徐福那隻大魔王喔!」烏拉拉裝作驚喜。

「……」

大約十幾秒的靜默。

「我想也是。據說年紀大的人反而最怕死,原來是眞的。」

「……」

「對了,東京這麼大,我可以問問你是怎麼找到我的麼?」烏拉拉親吻紳士的鼻子,紳士原本不安的心情頓時安穩了不少。

聶老看著廟歲,應許了這個問題。畢竟在戰鬥前回答死者的蠢問題,是種心照不宣的禮貌。

「我在這個城市裡佈滿了十八張巨大的蜘蛛咒網,只要碰觸到蜘蛛網的東西滿足其中一個條件，蜘蛛網的震動便會告訴我位置。」廟歲說，搔搔光頭頂上的蜘蛛圖騰。如果有必要，他還可以多佈置出十四張咒網。

這種追蹤技巧對廟歲來說輕而易舉，在限定的範圍內，這種好整以暇的獵捕，比起「朝思暮想」或「千里仇家一線牽」等命格的使用，更要來得可靠多了。

「什麼條件？」烏拉拉追問。

「同時裝載五個命格以上的單一生命體。」廟歲嘴角微揚。

「原來是針對靈貓，嗯，掌握了靈貓，就掌握了獵命師的行蹤。」烏拉拉歪著脖子，手指掐算，停住，繼續說道：「然後配合你身上的『吉星』命格，提高我落網的機率。嘖嘖，逮住我果然沒有意外，就跟我前幾天抽到的機器命籤上說的一樣，一切都是註定的完蛋。」

烏拉拉深呼吸，趁著假裝盤算該切換哪種命格、不斷撫摸紳士的同時，烏拉拉已經在雙掌掌底塗寫上了大明咒，然後停手，開始儲存不斷在手掌與貓身上膨脹的光能。

而剛剛在說話的每分每秒，烏拉拉將「萬眾矚目」的命格力量提升到極致，身上源源不斷散發出肉眼看不見的光彩。

「問這麼多有何用？」廟歲輕輕一踏步，身上所有的蜘蛛刺青震動了一下。

「因爲我下次不會再犯了。」烏拉拉牙齒咬住下嘴唇。

烏拉拉兩手一騰，雙掌放出刺眼的巨大閃光，整個樓層瞬間失去視力。

❷三大部門分別是城市電眼，網路搜客，媒體魔掌。其中以網路搜客發展最速，在日本只要在各大搜尋引擎輸入「吸血鬼」、「血族」等相關的敏感字眼，系統就會記錄使用者的原始IP，並進行長達數月的身分鎖定，與持續的交叉調查。若是搜尋「V組」、「十一豺」、「地下皇城」、「吸血天皇」這類禁忌資料，使用者在幾天內從地表上消失也是非常合乎邏輯的。最新的搜尋禁忌則是「獵命師」。

吉星

命格：機率格

存活：兩百五十年

徵兆：徵兆上接近情緒格的「無懼」，但啓動的機制不大一樣。順利解決保齡球的技術球殘局；兩好三壞的情勢下，千驚萬險三振超強的打者；百米衝刺的末端，突然背脊吹來一陣漂亮的順風。

特質：經由「歲歲平安」進化而來的吉星，擁有短時間爆發幸運的能力，尤其宿主的意念在精準地傳達給命格時，幸運串連起周遭事物保護宿主的機率就會大大提高。例如打籃球的宿主非常希望可以投進一記三分球時，得手的機率會比空泛的「贏得這次的比賽」來得大。

進化：大幸運星

第140話

眼界一片白光，整層樓尖叫聲此起彼落。

「……」廟歲輕鬆閉上眼睛。

由於戰鬥的慣性，廟歲在第一時間就從右耳後抓出一串預先圖騰化了的蜘蛛，十幾隻蜘蛛急速噴出絲網，在廟歲的身前畫出六張細棉的大網。

烏拉拉的動靜，全都逃不開這六張大網共同交織成的「超感應空間」，如果烏拉拉想對無法見物的廟歲動手或趁機逃開，蛛網將會把烏拉拉的每一個動作告訴廟歲。尤其，沾黏在烏拉拉身上的蛛絲可以牽繫他好幾百公尺，想逃可有得跑！

但烏拉拉，還是義無反顧地朝廟歲衝去。

「如果可以近身纏住這光頭，料想聶老也不敢施展大絕招。」烏拉拉心賭，一拳預備擊出。

習慣雷神咒各種攻擊現象的聶老，對於極度的光明比烏拉拉更加習慣。

烏拉拉再快，也沒有電快！

「太天眞！」聶老身形不動，眼睛緊盯在白光中快速移動的烏拉拉，手指拉出一條金黃電氣，在身前一掠而劃。

雷切。

一道刀刃般的高壓電瞬間掃出，電氣離聶老越遠，所形成的刃面就越巨大，烏拉拉駭然撲身翻滾，只見那電刃竟將整個房間劈成上下兩半！

巨大的水族魚缸頓時出現一條裂痕，厚玻璃支撐不了內部壓力、匡啷破散，池水洪流般轟瀉而出，展示中的水中生物也跟著啪啪啪摔出。

十幾個眼盲的遊客當然無法逃過這無差別的恐怖一擊，身子裂成焦黑的兩半，狂濤似的魟水沖倒了錯愕的屍身，染成血紅朝四處席捲。

白光消散。

「眞是不管我死活了。」廟歲單手抓住天花板上的樑柱，看著底下滾滾大水中的烏拉拉。這距離還不夠高，無法召喚出夠大隻的蜘蛛攻擊。

「我一定要活下去！」烏拉拉看見浮在身邊的遊客屍體，大怒，抓起一頭約莫百公斤的巨龜，全力朝聶老身上猛砸過去。

若被巨龜這一撞可是非同小可。聶老慢條斯理側身躲過，巨龜砲彈般摔在聶老身後，濺起高聳的水柱。

「你自找的。」聶老將手掌插進瞬間淹到膝蓋的水中，烏拉拉大驚，翻掌一壓，身子頓時衝出水面。

下一瞬間，聶老已發動驚人的雷神咒。

巨大的電流通過池水竄流擴散，池水頃刻間化作可怕的電場，嘶嘶雷咬聲中蒸蒸沸騰，所有的池中生物無一倖免，瞬間暴斃。

但烏拉拉這一倉促地衝出水面，卻被等候已久的廟歲一手逮住，從後緊緊勒住烏拉拉的頸子，讓烏拉拉幾乎沒有著力點地騰空。

「等候多時。」廟歲輕笑，抓住天花板的那手冒出青筋。

一隻以咒文織合而成的黑寡婦蜘蛛，從廟歲的額頭上奇異攪動、實體化浮出，順著廟歲勒住烏拉拉頸子的手臂，抖擻著噁心的纖毛長腳，在黑色西裝上迅速地爬向臉色發青、兩腳在半空中亂踢的烏拉拉。

「彼此彼此。」烏拉拉吃力說道。

烏拉拉一運氣，本就不大受束縛的「萬眾矚目」登時破竅而出。對他來說，與廟歲之間的貼身距離，是他躲避雷神咒最好的護身符。除非聶老打算連廟歲一齊轟殺。

懷抱敵意的黑寡婦越來越靠近。

烏拉拉反手往廟歲勒住自己的手掌一抓，凝氣一吸，將好運連連的「吉星」從廟歲的身上迅速絕倫地過嫁到自己體內。

儘管身為頂尖戰力的長老護法團，廟歲仍舊大吃一驚，自己身上的血咒竟有如廢物，輕易地就讓這個惡名昭彰的臭小子給攻破，盜走了「吉星」。

黑寡婦已經爬梭到烏拉拉的頸後，只剩一個毒咬的致命距離。

「喀！」烏拉拉使勁扭頸，張口往後一咬，將黑寡婦咬得肚破汁流。

「很有決心嘛。」廟歲冷靜，手掌急速凝力，打算這麼將烏拉拉勒死在半空中，但烏拉拉不知何時已在頸子上塗寫了斷金咒，廟歲的腕勁不管有多驚人，終究無法擰斷金屬化了的烏拉拉脖子。

「認眞點！」烏拉拉一吸氣，反腳後踢，正中廟歲的肚子。

「喔？試試這個。」廟歲並沒有鬆手將烏拉拉丟下電流亂竄的水場，這可是他的獵物。更重要的是，廟歲深信他能夠活捉這個毛頭小子。

廟歲的瞳孔驟縮，黑色西裝上衣突然鼓起了十幾處，隆起的肉塊狀物迅速在衣服底下移動前進，一瞬間就從衣袖中衝出好幾隻又肥又大的蜘蛛。

五顏六色的肥蜘蛛爬滿了烏拉拉的身子，張口就要咬下。廟歲在前一秒已經算好了毒液的組合，這幾隻毒蜘蛛的毒性調配下，蛋白質彼此相剋與加乘後會產生瞬間的休克過敏反應，即使是訓練精良的獵命師也不例外。

紳士倏地彈出烏拉拉的身子，尖爪迅速抓住天花板。

「『吉星』罩我！」烏拉拉雙掌合拍，火炎咒的能量從身上的毛孔精竅噴出，整個人變成一團猛烈的大火球。

別說侵襲烏拉拉的蜘蛛烤成焦炭了，就連廟歲也大駭放手。但烏拉拉反手一扣，竟整個人緊緊抱住廟歲。

廟歲長聲痛吼，兩人一齊從天花板摔下。

「……」聶老早已停止施放極耗精氣的雷神咒，看著兩人摔進滿到下巴的水中。

此刻的聶老攀附在石柱子上，正考慮是否要連廟歲一起電擊殺死；而聶老也明白，自己會處於這樣的思慮，一定是受到「吉星」的不良影響。

烏拉拉遇水立即解除連自己也快受不了的火炎咒，水中阻力極大，烏拉拉便以小巧的連續動作攻擊廟歲。烏拉拉的肘擊不斷瞄準廟歲的下顎，廟歲忍著方纔被火焦炙的痛楚，竭力用雙臂懸擋，露出胸口餘地。

只見烏拉拉手掌一彎，輕靈印在廟歲的胸口。

「雖然傷你不得，但這樣程度也就夠了。」烏拉拉在水中蹲起馬步，手臂發勁，廟歲胸口積聚的氣登時被擠壓出鼻。

匆匆入水，原本就沒有積貯足夠的氣，烏拉拉這一掌將廟歲胸口的內息掏空。勝負只在一線，廟歲臉色大變，五官扭曲，亟欲衝出水面。

烏拉拉趁機急扣廟歲手腕氣門，喀喀扭斷他的右手腕，猛力將廟歲往下拉，讓廟歲在距離水面僅有一拳之距便又下沉。

廟歲何等人物，被一個小鬼糾纏到這樣的地步，急怒攻心之餘，卻沒有機會探上水面呼吸，手腳只有更加忙亂，更忘記烏拉拉自己也憋不了多少氣息。

兩個獵命師都在十分難受的狀況下，在水底下苦捱互鬥。

第141話

「那麼想要活下來嗎？」聶老若有所思，看著水底下笨拙打鬥的兩人。

聶老又看了看緊緊抓在天花板上的紳士。

獵命師恐怕是世界上最了解貓類的人了。聶老看出紳士正在發抖，卻又醞釀想要跳下水幫助主人的毛躁不安。說起來眞是一隻勇敢的貓啊，充分感覺到主人想要拚命活下去的決心……如果現在自己輕輕一指過去，這隻忠心耿耿的黑貓就會死掉了吧？貓一死，這個切換命格超快的混小子就沒輒。

但獵命師之間的戰鬥，往往都有一個不言自明的默契：禁止傷害對方的貓。如果眞有格殺無論的狀況，也不過是力求自保的無路可退。

但現在完全不是那樣的狀況，除非聶老承認底下那名快要淹死的小鬼對自己造成了莫大的威脅——這樣的想法會傷害獵命師長老護法團首席的自尊。

「……」聶老。

水面上漂浮著遭到電死翻白肚的水族屍體，以及來不及逃生的遊客屍身。烏拉拉兀自與廟歲在水底下翻鬥，烏拉拉強忍想要喘息的衝動，以綿密的小動作壓制無法使出強大蜘蛛舞咒術的廟歲，但仗著內力精強的廟歲逐漸鎮定暴躁的心神，除了一開始的右腕斷折，並不讓烏拉拉再有得點。

「忍耐點，這小鬼定會先撐不住。」廟歲苦苦忍耐。

「『吉星』，現在正是你展現非凡價值的時候了！」烏拉拉胸口鬱悶欲裂。

在今天以前，聶老不過是奉命行事的護法團團長，對於狙殺烏氏兄弟這檔事，不過是抱著「既然如此，那便照例宰殺了吧」的單純想法。猶豫這兩字，對於聶老來說更是不可思議的累贅情緒。

但親眼看見烏拉拉奮力掙扎的求生，聶老心中不禁泛起了異樣的感覺。

在烏禪詛咒之前，獵命師雖共擁姜子牙爲始祖，但根本就是各自爲政的無核心狀態，各幹各的，誰也勉強不了誰，無法稱之爲「團體」。詛咒驗證之後，獵命師才因爲嚴密彼此監視的系統，遽變成一個以大長老爲命令中心的群落。

儘管有了崑崙誓約，但每隔一段時間就會有不信邪的獵命師家庭展開逃亡，於是有了「長老護法團」的出現。制裁、肅清、殺一儆百。尤其自從絕強的雷神咒出現後，就沒有再遇到膽敢抵抗的愚人。

說來好笑，長老護法團非常強悍，成立的目的卻不是爲了對付宿敵吸血鬼，說穿了，不過就是挑自己人下手的祕密警察，以防範滅族詛咒的爆發，是故吸血鬼幾乎不可能知道長老護法團的存在。

但毫無進攻吸血鬼地下皇城慾望的獵命師，竟漸漸地以獲選爲長老護法團的一員爲榮，殊不知自己的榮寵來自同族人的恐懼戰慄。

而敵人的牙，依舊在暗處獰笑。

「廟歲，認命吧，也許這個小鬼值得你一起死在雷神咒底下。」聶老的手指積聚高壓電氣，看著紳士。聶老凌厲的眼神正傳達給紳士一個嚴肅的信息：小傢伙，別跳下水！

只見紳士咬牙，憤怒躍下。

人生就是不停的戰鬥。他的主人這麼說過。

從一隻靈貓的身上，總是可以看見他主人靈魂的模樣。

「難道護法團的存在，就是將族人珍貴的希望一一殲滅？」聶老苦澀一笑，手中的電氣聚集成球，雷質狂閃。

「吉星」熾熱。

突然一聲沉悶的巨響，靠近路邊的大廈牆壁爆出一道裂縫！

「嘿！被我搶先啦！」鋼杖大漢大吼，裂縫後又是一記巨響。

隨著擁有怪力的不明亂入者的侵擾，大量池水擠破裂縫洶湧炸出一個大洞，滿溢的池水猶如瀑布般從十一樓的高處往下轟落。

烏拉拉與廟歲同時被無可抗力的洪水摔捲出大廈，兩人身子身處高空的第一件事，就是大口呼吸！

底下的特別V組特攻隊，衝鋒槍全數上膛，往上對準……往上對準不知所以然的強力大瀑布！

「得救啦！」烏拉拉在水流急墜的半空中抓住紳士的尾巴，另一手飛速咬破手指，血咒紛飛，及時鎖住奇運連連的吉星。

「這個高度，簡直就是無敵！」廟歲撕開胸前衣服，露出巨大的蜘蛛刺青。

圖騰咒文急速攪動，廟歲胸口上的蜘蛛刺青猛然巨大化，將衣服爆破成無數灰蝶，越接近地面就越是龐然巨怪的史前體型。

「天啊，這是什麼怪物……」

一個特攻隊隊員瞠目結舌，看著超級巨大的恐龍蜘蛛越來越近，越來越近……

《獵命師傳奇》卷五　完

獵命師傳奇

FateHunter

下期預告

《獵命師傳奇》卷六・十月登場

「類銀的研發可以終止，但疫苗法卻不能停止腳步。」莫道夫沉靜地説。

「Z組織自身的研究，已經針對類銀致命的缺點，做了最根本的改善。請呈上證物A4072。」莫道夫説完，手勢示意會場人員將一個長三公尺、直徑兩公尺的強化玻璃筒，抬到會場中間。

莫道夫似乎早就預見了這樣的會議氛圍，事先向研究人員申請了展示證物。研究人員在展示物呈上之前，當然做了最嚴苛的安全評估。

此巨大的的展示證物，被抬放在議場中央，但緊緊包裹著玻璃的布簾還未除下，神祕的氣息令現場屏息以待。

「歡迎進入，第三種人類的世界。」

GAEA

天命在我・自創一格

——創意命格有獎徵文活動

特別獎得獎名單

■得獎者可獲贈蓋亞2005新書L型文件夾一組

何承冀（嘉義縣）	張智淵（桃園縣）
李明昌（台北縣）	林映利（台北縣）
林璉瑩（嘉義市）	蘇稜智（高雄市）
郭中胤（台北縣）	李鴻斌（台南市）
吳浚榮（彰化縣）	曾晨煌（台北縣）
李安哲（宜蘭縣）	李啓瑋（雲林縣）
林家慶（彰化市）	余承穎（新竹縣）
許雁婷（桃園縣）	唐維信（台北市）
張維麟（宜蘭縣）	楊翠雲（新竹市）
魏伭運（中壢市）	鐘志正（台中市）

所有獎品統一於8月25日前寄出

獵你的創意，秀你的圖
「獵命師大募集！」活動

發揮你的想像，秀出你的創意，畫出或者cosplay出《獵命師傳奇》你心目中的故事角色。我們將於《獵命師傳奇》往後每集出版前，固定由作者過九把刀親自遴選，刊登在當集的獵命師書中喔！讓你稿件在《獵命師傳奇》的世界中登場，還可得到G大簽名書及《獵命師傳奇》週邊商品一件！

【本集大賞】

很有朝氣的動作感啊！真不愧是上官的朋友！　by Giddens

墨狼・nonoise

臥底・rubber_captin

TRIGUN

nonoise

ostra448

nonoise

rubber_captin

活動詳細活動辦法，請至蓋亞讀樂網貼圖區參觀喔!

http://www.gaeabooks.com.tw/

蓋亞文化圖書目錄

書名	系列	作者	ISBN	頁數	定價
恐懼炸彈（新版）	都市恐怖病	九把刀	9789867450340	320	260
大哥大	都市恐怖病	九把刀	9789866815690	256	250
冰箱	都市恐怖病	九把刀	9789867929761	240	180
異夢	都市恐怖病	九把刀	9789867929983	304	240
功夫	都市恐怖病	九把刀	9789867450036	392	280
狼嚎	都市恐怖病	九把刀	9789867450142	344	270
依然九把刀（紀念版）	非小說・九把刀	九把刀	4710891430485		345
綠色的馬	九把刀中短篇小說傑作選	九把刀	9789866815300	272	280
樓下的房客	住在黑暗	九把刀	9789867450159	304	240
獵命師傳奇 卷一～卷十二	悅讀館	九把刀			各180
獵命師傳奇 卷十三	悅讀館	九把刀	9789866815447	272	199
臥底	悅讀館	九把刀	9789867450432	424	280
哈棒傳奇	悅讀館	九把刀	9789867929884	296	250
魔力棒球（修訂版）	悅讀館	九把刀	9789867450517	224	180
都市妖1　給妖怪們的安全手冊	悅讀館	可蕊	9789867450197	240	199
都市妖2　過去我是貓	悅讀館	可蕊	9789867450241	232	199
都市妖3　是誰在唱歌	悅讀館	可蕊	9789867450272	208	180
都市妖4　死者的舞蹈	悅讀館	可蕊	9789867450357	240	199
都市妖5　木魚和尚	悅讀館	可蕊	9789867450395	240	199
都市妖6　假如生活騙了你	悅讀館	可蕊	9789867450425	200	180
都市妖7　可曾記得愛	悅讀館	可蕊	9789867450562	240	199
都市妖8　胡不歸	悅讀館	可蕊	9789867450623	240	199
都市妖9　妖・獸都市	悅讀館	可蕊	9789867450753	240	199
都市妖10　妖怪幫幫忙	悅讀館	可蕊	9789867450784	240	199
都市妖11　形與影	悅讀館	可蕊	9789867450951	240	199
都市妖12　小小的全家福	悅讀館	可蕊	9789867450982	240	199
都市妖13　圈套	悅讀館	可蕊	9789866815539	240	199
都市妖14　白鶴與蒼狼	悅讀館	可蕊	9789866815287	224	199
青丘之國（都市妖外傳）	悅讀館	可蕊	9789867450470	320	220
都市妖奇談 卷一～卷三（完）	悅讀館	可蕊	9789866815058		各250
捉鬼實習生 1 少女與鬼差	悅讀館	可蕊	9789866815119	208	180
捉鬼實習生 2 新學期與新麻煩	悅讀館	可蕊	9789866815126	240	199
捉鬼實習生 3 借命殺人事件	悅讀館	可蕊	9789866815263	352	250
捉鬼實習生 4 兩個捉鬼少女	悅讀館	可蕊	9789866815270	256	199
捉鬼實習生 5 山夜	悅讀館	可蕊	9789866815409	208	180
捉鬼實習生 6 亂局與惡鬥	悅讀館	可蕊	9789866815416	240	199
捉鬼實習生 7 紛亂之冬（完）	悅讀館	可蕊	9789866815515	240	199
捉鬼番外篇	悅讀館	可蕊	9789866815652	320	250
百兵　卷一～卷三	悅讀館	星子	9789867450456	192	各180
百兵　卷四～卷八（完）	悅讀館	星子	9789867450531	272	各199
七個邪惡預兆	悅讀館	星子	9789867450913	272	200
不幫忙就搗蛋	悅讀館	星子	9789867450258	308	220
陰間	悅讀館	星子	9789866815027	288	220
黑廟　陰間2	悅讀館	星子	9789866815577	256	220
無名指　日落後1	悅讀館	星子	9789866815362	336	250
囚魂傘　日落後2	悅讀館	星子	9789866815446	288	240
蟲人　日落後3	悅讀館	星子	即將出版		
太古的盟約　卷一～卷四	悅讀館	冬天			各240
太古的盟約　卷五～卷八	悅讀館	冬天			各199
惡魔斬殺陣　吸血鬼獵人日誌 I	悅讀館	喬靖夫	9789867450821	240	199
冥獸酷殺行　吸血鬼獵人日誌 II	悅讀館	喬靖夫	9789867450838	240	199

＊實際定價以各書版權頁為準

殺人鬼繪卷　吸血鬼獵人日誌Ⅲ	悅讀館	喬靖夫	9789867450920	240	199
華麗妖殺團　吸血鬼獵人日誌Ⅳ	悅讀館	喬靖夫	9789867450937	368	250
地獄鎮魂歌　吸血鬼獵人日誌 特別篇	悅讀館	喬靖夫	9789867450999	192	129
殺禪　全八卷	悅讀館	喬靖夫			各180
誤宮大廈	悅讀館	喬靖夫	9789866815423	256	220
天使密碼 01 河岸魔夢	悅讀館	游素蘭	9789866815386	272	220
天使密碼 02 靈夜感應	悅讀館	游素蘭	9789866815614	256	220
異世遊1	悅讀館	莫仁	9789866815584	304	240
異世遊2	悅讀館	莫仁			
伏魔　道可道系列1	悅讀館	燕壘生	9789867450630	168	139
辟邪　道可道系列2	悅讀館	燕壘生	9789867450647	168	139
斬鬼　道可道系列3	悅讀館	燕壘生	9789867450722	224	180
搜神　道可道系列4	悅讀館	燕壘生	9789867450739	224	180
道門秘寶　道可道系列5	悅讀館	燕壘生	9789866815522	320	250
活埋庵夜譚（限）	悅讀館	燕壘生	9789867450333	224	200
仇鬼豪戰錄 套書（上下不分售）	悅讀館	九鬼	9789866815379		499
彌賽亞：幻影蜃樓 上下兩部	悅讀館	何弼＆櫻木川	9789867450609	240	各180
銀河滅	悅讀館	洪凌	9789866815508	288	240
公元6000年異世界（新版）	悅讀館	Div	9789866815621	312	240
天外三國　全三部	悅讀館	Div			各180
永夜之城　夜城1	夜城	賽門．葛林	9789867450760	288	250
天使戰爭　夜城2	夜城	賽門．葛林	9789867450845	304	250
夜鶯的嘆息　夜城3	夜城	賽門．葛林	9789867450968	304	250
魔女回歸　夜城4	夜城	賽門．葛林	9789866815041	336	280
錯過的旅途　夜城5	夜城	賽門．葛林	9789866815232	352	299
毒蛇的利齒　夜城6	夜城	賽門．葛林	9789866815393	360	299
影子瀑布	Fever	賽門．葛林	9789866815607	464	380
德莫尼克（卷一）不是所有的孩子都是天使	符文之子2	全民熙	9789867450388	336	280
德莫尼克（卷二）微笑的假面	符文之子2	全民熙	9789867450418	336	280
德莫尼克（卷三）失落的一角	符文之子2	全民熙	9789867450449	336	280
德莫尼克（卷四）劇院裡的人們	符文之子2	全民熙	9789867450579	352	280
德莫尼克（卷五）海螺島的公爵	符文之子2	全民熙	9789867450692	336	280
德莫尼克（卷六）紅霞島的秘密	符文之子2	全民熙	9789866815089	368	280
德莫尼克（卷七）躲避者，尋找者	符文之子2	全民熙	9789866815355	368	299
德莫尼克（卷八）與影隨行（完）	符文之子2	全民熙	即將出版		
符文之子 卷一：冬日之劍	符文之子1	全民熙	9789866815133	360	299
符文之子 卷二：衝出陷阱，捲入暴風	符文之子1	全民熙	9789866815140	320	299
符文之子 卷三：存活者之島	符文之子1	全民熙	9789866815157	336	299
符文之子 卷四：不消失的血	符文之子1	全民熙	9789866815164	352	299
符文之子 卷五：兩把劍，四個名	符文之子1	全民熙	9789866815171	352	299
符文之子 卷六：封印之地的呼喚	符文之子1	全民熙	9789866815188	352	299
符文之子 卷七：選擇黎明（完）	符文之子1	全民熙	9789866815195	432	320
羅德斯島傳說1：亡國的王子	羅德斯島傳說	水野良	9789867450487	288	240
羅德斯島傳說2：天空的騎士	羅德斯島傳說	水野良	9789867450555	320	240
羅德斯島傳說3：榮光的勇者	羅德斯島傳說	水野良	9789867450586	304	240
羅德斯島傳說4：傳說的英雄	羅德斯島傳說	水野良	9789867450654	336	240
羅德斯島傳說5：至高神的聖女（完）	羅德斯島傳說	水野良	9789867450777	272	240
羅德斯島傳說（外傳）：永遠的歸還者	羅德斯島傳說	水野良	9789867450906	224	200
羅德斯島戰記1：灰色的魔女	羅德斯島戰記	水野良	9789867929563	304	269
羅德斯島戰記2：炎之魔神	羅德斯島戰記	水野良	9789867929570	336	299
羅德斯島戰記3：火龍山的魔龍（上）	羅德斯島戰記	水野良	9789867929723	240	210
羅德斯島戰記4：火龍山的魔龍（下）	羅德斯島戰記	水野良	9789867929730	296	250
羅德斯島戰記5：王者聖戰	羅德斯島戰記	水野良	9789867450166	384	330
羅德斯島戰記6：羅德斯之聖騎士（上）	羅德斯島戰記	水野良	9789867450173	286	260

＊實際定價以各書版權頁為準

國家圖書館出版品預行編目資料

獵命師傳奇. Fatehunter／九把刀 著；
——初版.——台北市：蓋亞文化，2005【民94-】
冊； 公分.——（悅讀館）
ISBN 986-7450-36-1（第5卷：平裝）

857.83 94002005

悅讀館 RE014

獵命師傳奇系列【卷五】

作者／九把刀（Giddens）
繪圖／翁子揚
出版社／蓋亞文化有限公司
地址◎台北市103赤峰街41巷7號1樓
電話◎（02）25585438 傳真◎（02）25585439
部落格◎gaeabooks.pixnet.net/blog
網址◎www.gaeabooks.com.tw
服務信箱◎gaea@gaeabooks.com.tw
投稿信箱◎editor@gaeabooks.com.tw
郵撥帳號◎19769541 戶名：蓋亞文化有限公司
法律顧問／義正國際法律事務所
總經銷／聯合發行股份有限公司
地址◎新北市新店區寶橋路二三五巷六弄六號二樓
電話◎（02）29178022 傳真◎（02）29156275
港澳地區／一代匯集
電話◎（852）27838102 傳真◎（852）23960050
地址◎九龍旺角塘尾道64號龍駒企業大廈10樓B&D室
初版十八刷／2015年9月
定價／新台幣 180 元
Printed in Taiwan

ISBN／986-7450-36-1
著作權所有・翻印必究
■本書如有裝訂錯誤或破損缺頁請寄回更換■

RE014
GAEA

獵命師傳奇
天命在我・自創一格
──創意命格有獎徵文活動

替獵命師們構想奇命！為自己開創中獎命數！

由於反應熱烈，命格徵文活動將改爲每集固定舉行。我們會在每集《獵命師傳奇》出版前，固定由作者九把刀遴選2～3則投稿，讓你設計的命格在下集《獵命師傳奇》的世界中登場！

獲選者可獲贈《獵命師傳奇》週邊商品，及九把刀最新作品一本。

■ 注意事項

◎命格投稿請比照書中一貫的描述格式，並塡寫於本回函所附表格

◎請參加讀友留下正確姓名地址，以便發表時註明構想者與贈獎。

◎本活動遴選之命格使用權利歸蓋亞文化有限公司所有。

◎活動及抽獎結果，將於每集《獵命師傳奇》出版時公佈於蓋亞讀樂網。

◎本抽獎回函影印無效。

姓名：＿＿＿＿＿＿＿＿ **出生日期：** 年 月 日 **性別：**□男 □女

聯絡電話：＿＿＿＿＿＿＿＿

E-mail：＿＿＿＿＿＿＿＿

地址：□□□

＿＿＿＿＿＿＿＿

命格名稱：＿＿＿＿＿＿＿＿

命格：＿＿＿＿＿＿＿＿

存活：＿＿＿＿＿＿＿＿

徵兆：＿＿＿＿＿＿＿＿

特質：＿＿＿＿＿＿＿＿

進化：＿＿＿＿＿＿＿＿

關於命格投稿，九把刀會針對讀者的想法創作更完整的設定修改，以符合故事的需要，或九把刀個人愛胡說八道的壞習慣。戰鬥吧！燃燒你的創意！

◎請沿虛線剪開、對摺、裝訂後寄出

◎請沿虛線剪開、對摺、裝訂後寄出

廣告回信 郵資免付
台北郵局登記證
台北廣字第675號

GAEA

蓋亞文化有限公司　收

103 台北市赤峰街41巷7號1樓

Gaea

GAEA

GAEA